ZHONGGUO GUDIAN SHICI
MINGPIAN SONGDU

# 中国古典诗词名篇诵读

上册

主编　张凯　时栋

郑州大学出版社

**图书在版编目(CIP)数据**

中国古典诗词名篇诵读. 上册/张凯,时栋主编. —郑州:郑州大学出版社,2020.9(2021.8 重印)
ISBN 978-7-5645-7196-2

Ⅰ.①中… Ⅱ.①张…②时… Ⅲ.①古典诗歌-诗歌欣赏-中国-青少年读物 Ⅳ.①I207.2-49

中国版本图书馆 CIP 数据核字(2020)第 155004 号

郑州大学出版社出版发行
郑州市大学路 40 号　　邮政编码:450052
出版人:孙保营　　发行电话:0371-66966070
全国新华书店经销
新乡市天润印务有限公司印制
开本:710 mm×1 010 mm　1/16
总印张:15
总字数:225 千字
版次:2020 年 9 月第 1 版　　印次:2021 年 8 月第 2 次印刷

书号:ISBN 978-7-5645-7196-2　　总定价:49.00 元

# 编委会

主　编　张　凯　时　栋

副主编　何　勇　段　峰　董艳鄂　张宏伟

编　委　（按姓氏拼音排序）

段　峰　董艳鄂　黄江元　顾　勇

梁礼中　李号拥　刘景生　乔璐科

时　栋　王战峰　余　君　姚莎莎

张　凯　张宏伟

# 前 言

古典诗词源远流长，名篇佳作美不胜收。它们是中华民族文化的根基和典范，是先人对自然、社会以及人生的一种特殊感悟和认知，是真、善、美的艺术结晶。千百年来，古典诗词被万口传诵，哺育了一代又一代的中华儿女，成为了民族文化的血脉。很多卓有成就的学者，在回忆自己的成长历程时，都感慨得益于早年的启蒙教育，尤其是古典诗词的诵读，影响了他们的修身与治学。

习近平总书记说过，培育和弘扬社会主义核心价值观，必须立足中华优秀传统文化。要把古代经典嵌在学生脑子里，成为中华民族文化基因，并不断传承下去。《中华人民共和国教育法》第一章第七条明确规定："教育应当继承和弘扬中华民族优秀的历史文化传统，吸收人类文明发展的一切优秀成果。"古典诗词就是我们优秀文化传统的重要组成部分，青少年诵读古典诗词，不仅能拓展知识面，培养对文学的兴趣爱好，打下扎实的文学功底，提高人文素养，还能激发爱国主义情感，陶冶情操和提高审美情趣。

古人云："腹有诗书气自华。"青少年的心田就像春天的泥土，播什么种子，就发什么芽。诵读经典古诗词，使他们在耳濡目染、潜移默化之中陶冶性情、开阔胸襟，引领他们热爱美、欣赏美、追求美，让他们从小与经典同行，做有根的中国人。

本书由张凯、时栋任主编，何勇、段峰、董艳鄂、张宏伟任副主编，编委有段峰、董艳鄂、黄江元、顾勇、梁礼中、时栋、张凯、张宏伟、王战峰、余君、刘景生、姚莎莎、李号拥、乔璐科，大家经过很长一段时间的努力，终于将这本《中国古典诗词名篇诵读》呈现在读者面前。书中选编的古典诗词从《诗经》到明清诗歌共199篇，展现了历代诗词作家对自然景物、社会生活、情趣爱好、人生追求的感悟，蕴含着中华民族的文化精髓和民族精神。考虑到青少年的知识水平，我们在每首诗词后面加注了说明和注释，帮助他们理解。以期青少年在经典古诗词的诵读中，了解中华传统文化，感受民族情怀，进而丰富自我，提升自我，陶冶自我。

全书经集体讨论，由主编修改统稿。本书的编审工作得到了郑州大学出版社的大力支持，在此表示诚挚的感谢。

由于时间仓促，编者水平有限，书中纰漏在所难免，诚盼广大读者批评指正。

编者

2020年6月

# 目录

# 关 雎

## 《诗经》

关关雎鸠[(1)]，在河之洲[(2)]。窈窕淑女[(3)]，君子好逑[(4)]。
参差荇菜[(5)]，左右流之[(6)]。窈窕淑女，寤寐求之[(7)]。
求之不得，寤寐思服[(8)]。悠哉悠哉[(9)]，辗转反侧[(10)]。
参差荇菜，左右采之。窈窕淑女，琴瑟友之[(11)]。
参差荇菜，左右芼之[(12)]。窈窕淑女，钟鼓乐之[(13)]。

【说明】

本诗出自《诗经·国风·周南》，其内容单纯，通常认为是写一个“君子”对“淑女”的爱慕，并深深地陷入到相思之中。《诗经》是中国最早的一部诗歌总集。收集了西周初年至春秋中叶（公元前 11 世纪至公元前 6 世纪）的诗歌共 305 篇（此外有目无诗的 6 篇，共 311 篇），分《风》《雅》《颂》三部分。

【注释】

（1）关关：象声词，雌雄二鸟相互应和的叫声。雎鸠（jū jiū）：一种水鸟名，即王鴡。

（2）洲：水中的陆地。

（3）窈窕（yǎo tiǎo）淑女：贤良美好的女子。窈窕：身材体态美好的样子。窈：深邃，喻女子心灵美；窕：幽美，喻女子仪表美。淑：好，善良。

（4）好逑（hǎo qiú）：好的配偶。逑：“仇”的假借字，匹配。

（5）参差：长短不齐的样子。荇（xìng）菜：水草类植物，圆叶细茎，根生水底，叶浮在水面，可供食用。

（6）左右流之：时而向左、时而向右地择取荇菜。这里是以勉力求取荇菜，隐喻“君子”努力追求“淑女”。流：义同“求”，这里指求取。之：指荇菜。

（7）寤寐（wù mèi）：醒和睡。指日夜。寤：醒觉。寐：入睡。又，马瑞辰《毛诗传笺注通释》说：“寤寐，犹梦寐。”也可通。

（8）思服：思念。服：想。《毛传》：“服，思之也。”

（9）悠哉（yōu zāi）悠哉：意为“悠悠”，就是长。这句是说思念绵绵不断。悠：感思。见《尔雅·释诂》郭璞注。哉，语气助词。悠哉悠哉，犹言“想念呀，想念呀”。

(10)辗转反侧：翻覆不能入眠。辗，古字作展。展转，即反侧。反侧，犹翻覆。

(11)琴瑟友之：弹琴鼓瑟来亲近她。琴、瑟，皆弦乐器。琴五或七弦，瑟二十五或五十弦。友：用作动词，此处有亲近之意。这句说，用琴瑟来亲近“淑女”。

(12)芼(mào)：择取，挑选。

(13)钟鼓乐之：用钟奏乐来使她快乐。乐：使动用法，使……快乐。

# 蒹　葭

## 《诗经》

蒹葭苍苍[(1)]，白露为霜[(2)]。所谓伊人[(3)]，在水一方[(4)]。
溯洄从之[(5)]，道阻且长。溯游从之，宛在水中央[(6)]。
蒹葭萋萋[(7)]，白露未晞[(8)]。所谓伊人，在水之湄[(9)]。
溯洄从之，道阻且跻[(10)]。溯游从之，宛在水中坻[(11)]。
蒹葭采采[(12)]，白露未已[(13)]。所谓伊人，在水之涘[(14)]。
溯洄从之，道阻且右[(15)]。溯游从之，宛在水中沚[(16)]

**【说明】**

本诗出自《诗经·国风·秦风》。全诗三章，每章八句。此诗曾被认为是用来讥刺秦襄公不能用周礼来巩固他的国家，或惋惜隐居的贤士而不可得；现在一般认为这是一首情歌，写追求所爱而不及的惆怅与苦闷。

**【注释】**

(1)蒹(jiān)：没长穗的芦苇。葭(jiā)：初生的芦苇。苍苍：茂盛的样子。

(2)为：凝结成。

(3)所谓：所说的，此指所怀念的。伊人：那个人，指所思慕的对象。

(4)一方：那一边。

(5)溯(sù)：逆流而上。洄：水流迂回之处。溯洄：在河边逆流向上游走。阻：险阻，(道路)难走。道阻且长，说明是在陆地上行走。从：追寻。

(6)溯游:在河边顺流向下游走。宛:宛然,好像。宛在水中央:是说顺流虽然易行,然所追从之人如在水之中央,就是近也是可望而不可即也。

(7)萋萋:茂盛的样子。

(8)晞(xī):干,晒干。

(9)湄:水和草交接的地方,也就是岸边。

(10)跻(jī):升,高起,指道路越走越高。

(11)坻(chí):水中的沙滩。

(12)采采:繁盛的样子。

(13)已:止。

(14)涘(sì):水边。

(15)右:迂回曲折。

(16)沚(zhǐ):水中的沙滩。

## 长歌行(1)

### 汉乐府

青青园中葵(2),朝露待日晞(3)。
阳春布德泽(4),万物生光辉。
常恐秋节至(5),焜黄华叶衰(6)。
百川东到海(7),何时复西归?
少壮不努力(8),老大徒伤悲(9)

**【说明】**

《长歌行》是一首中国古典诗歌,属于汉乐府诗,是劝诫世人惜时奋进的名篇。

乐府初设于秦,是当时“少府”下辖的一个专门管理乐舞演唱教习的机构。汉初,乐府并没有保留下来。到了汉武帝时,在定郊祭礼乐时重建乐府,它的职责是采集民间歌谣或文人的诗来配乐,以备朝廷祭祀或宴会时演奏之用。它搜集整理的诗歌,后世就叫“乐府诗”,或简称“乐府”。它是继《诗经》《楚辞》而起的一种新诗体。后来有不入乐的也被称为乐府或拟乐府。

【注释】

(1)长歌行:汉乐府曲题。这首诗选自《乐府诗集》卷三十,属《相和歌辞》中的平调曲。

(2)葵:"葵"作为蔬菜名,指中国古代重要蔬菜之一。《诗经·豳风·七月》:"七月亨葵及菽。"李时珍《本草纲目》说"葵菜古人种为常食,今之种者颇鲜。有紫茎、白茎二种,以白茎为胜。大叶小花,花紫黄色,其最小者名鸭脚葵。其实大如指顶,皮薄而扁,实内子轻虚如榆荚仁。"此诗"青青园中葵"即指此。

(3)朝露:清晨的露水。晞:天亮,引申为阳光照耀。

(4)"阳春"句:阳是温和。阳春是露水和阳光都充足的时候,露水和阳光都是植物所需要的,都是大自然的恩惠,即所谓的"德泽"。布:布施,给予。德泽:恩惠。

(5)秋节:秋季。

(6)焜(kūn)黄:形容草木凋落枯黄的样子。华(huā):同"花"。衰:一说读"cuī",因为古时候没有"shuāi"这个音;一说读 shuāi,根据语文出版社出版的《古代汉语》,除了普通话的规范发音之外,任何其他的朗读法都是不可取的。

(7)百川:大河流。

(8)少壮:年轻力壮,指青少年时代。

(9)老大:指年老了,老年。徒:白白地。

## 孔雀东南飞

### 汉乐府

【序曰】

汉末建安中(1),庐江(2)府小吏焦仲卿妻刘氏,为仲卿母所遣(3),自誓不嫁。其家逼之,乃投水而死。仲卿闻之,亦自缢于庭树。时人伤之,为诗云尔(4)。

孔雀东南飞,五里一徘徊(5)。

"十三能织素(6),十四学裁衣,十五弹箜篌(7),十六诵诗书(8)。十七为君妇,心中常苦悲。君既为府吏,守节(9)

情不移。贱妾留空房，相见常日稀。鸡鸣入机织，夜夜不得息。三日断[10]五匹，大人故嫌迟[11]。非为织作迟，君家妇难为！妾不堪[12]驱使，徒[13]留无所施[14]。便可白公姥[15]，及时相遣归。”

府吏得闻之，堂上启阿母：“儿已薄禄相[16]，幸复得此妇，结发[17]同枕席，黄泉共为友。共事二三年，始尔[18]未为久。女行无偏斜，何意致不厚[19]？”

阿母谓府吏：“何乃太区区[20]！此妇无礼节，举动自专由[21]。吾意久怀忿，汝岂得自由！东家有贤[22]女，自名秦罗敷，可怜[23]体无比，阿母为汝求。便可速遣之，遣去慎莫留！”

府吏长跪告：“伏惟[24]启阿母，今若遣此妇，终老不复取[25]！”

阿母得闻之，槌床[26]便大怒：“小子无所畏，何敢助妇语！吾已失恩义，会不相从许[27]！”

府吏默无声，再拜还入户。举言[28]谓新妇[29]，哽咽不能语：“我自不驱卿，逼迫有阿母。卿但暂还家，吾今且报府[30]。不久当归还，还必相迎取。以此下心意[31]，慎勿违吾语。”

新妇谓府吏：“勿复重纷纭[32]。往昔初阳岁[33]，谢[34]家来贵门。奉事循公姥，进止敢自专？昼夜勤作息[35]，伶俜萦苦辛[36]。谓言[37]无罪过，供养卒[38]大恩；仍更被驱遣，何言复来还！妾有绣腰襦[39]，葳蕤[40]自生光；红罗复斗帐，四角垂香囊；箱帘[41]六七十，绿碧青丝绳，物物各自异，种种在其中。人贱物亦鄙，不足迎后人[42]，留待作遗施[43]，于今无会因[44]。时时为安慰，久久莫相忘！”

鸡鸣外欲曙，新妇起严妆[45]。著我绣夹裙，事事四五通[46]。足下蹑[47]丝履，头上玳瑁[48]光。腰若流纨素，耳著明月珰[49]。指如削葱根，口如含朱丹。纤纤作细步，精妙世无双。

上堂拜阿母，阿母怒不止。“昔作女儿时[50]，生小出野里[51]。本自无教训，兼愧[52]贵家子。受母钱帛多，不堪母驱使。今日还家去，念母劳家里。”却[53]与小姑别，泪落连珠子。“新妇初来时，小姑始扶床；今日被驱遣，小姑如我长。勤心养公姥，好自相扶将[54]。初七及下九[55]，嬉戏莫相忘。”出门登车去，涕落百余行。

府吏马在前，新妇车在后。隐隐[56]何甸甸，俱会大道口。下马入车中，低头共耳语：“誓不相隔卿，且暂还家去；吾今且赴府，不久当还归。誓天不相负！”[57]

新妇谓府吏：“感君区区[58]怀！君既若见录[59]，不久望君来。君当作磐石，妾当作蒲苇，蒲苇纫[60]如丝，磐石无转移。我有亲父兄[61]，性行暴如雷，恐不任我意，逆[62]以煎我怀。”举手长劳劳[63]，二情同依依。

入门上家堂，进退无颜仪[64]。阿母大拊掌[65]，不图子自归[66]：“十三教汝织，十四能裁衣，十五弹箜篌，十六知礼仪，十七遣汝嫁，谓言无誓违[67]。汝今何罪过，不迎而自归？”兰芝惭阿母：“儿实无罪过。”阿母大悲摧[68]。

还家十余日，县令遣媒来。云有第三郎，窈窕[69]世无双。年始十八九，便言多令才[70]。

阿母谓阿女：“汝可去应之。”

阿女含泪答：“兰芝初还时，府吏见丁宁[71]，结誓不别离。今日违情义，恐此事非奇[72]。自可断来信[73]，徐徐更谓之[74]。”

阿母白媒人："贫贱有此女，始适[75]还家门。不堪[76]吏人妇，岂合令郎君？幸可广问讯，不得便相许。"

媒人去数日，寻遣丞请还，说有兰家女，承籍有宦官[77]。云有第五郎，娇逸[78]未有婚。遣丞为媒人，主簿[79]通语言。直说太守家，有此令郎君，既欲结大义，故遣来贵门。

阿母谢媒人："女子先有誓，老姥岂敢言！"

阿兄得闻之，怅然心中烦。举言谓阿妹："作计[80]何不量[81]！先嫁得府吏，后嫁得郎君，否泰[82]如天地，足以荣汝身。不嫁义郎[83]体，其往欲何云[84]？"

兰芝仰头答："理实如兄言。谢家事夫婿，中道还兄门。处分[85]适[86]兄意，那得自任专！虽与府吏要[87]，渠会[88]永无缘。登即[89]相许和，便可作婚姻。

媒人下床去，诺诺复尔尔[90]。还部白府君[91]："下官[92]奉使命，言谈大有缘[93]。"府君得闻之，心中大欢喜。视历[94]复开书，便利此月内，六合[95]正相应。良吉三十日，今已二十七，卿[96]可去成婚。交语[97]速装束，络绎如浮云。青雀白鹄舫[98]，四角龙子幡[99]。婀娜[100]随风转，金车玉作轮。踯躅[101]青骢马[102]，流苏[103]金镂鞍。赍[104]钱三百万，皆用青丝穿。杂彩[105]三百匹，交广[106]市鲑[107]珍。从人四五百，郁郁[108]登郡门。

阿母谓阿女："适[109]得府君书，明日来迎汝。何不作衣裳？莫令事不举[110]！"

阿女默无声，手巾掩口啼，泪落便如泻。移我琉璃榻[111]，出置前窗下。左手持刀尺，右手执绫罗。朝成绣夹裙，晚成单罗衫。晻晻[112]日欲暝，愁思出门啼。

府吏闻此变，因求假暂归。未至二三里，摧藏[113]马悲哀。新妇识马声，蹑履相逢迎。怅然遥相望，知是故人来。举手拍马鞍，嗟叹使心伤："自君别我后，人事不可量[114]。果不如先愿，又非君所详。我有亲父母[115]，逼迫兼弟兄[116]。以我应他人，君还何所望！"

府吏谓新妇："贺卿得高迁！磐石方且厚，可以卒千年；蒲苇一时纫，便作旦夕间。卿当日胜贵[117]，吾独向黄泉！"

新妇谓府吏："何意出此言！同是被逼迫，君尔妾亦然。黄泉下相见，勿违今日言！"执手分道去，各各还家门。生人作死别，恨恨[118]那可论？念与世间辞，千万不复全！

府吏还家去，上堂拜阿母："今日大风寒，寒风摧树木，严霜结庭兰。儿今日冥冥[119]，令母在后单[120]。故[121]作不良计[122]，勿复怨鬼神！命如南山石，四体[123]康且直[124]！"

阿母得闻之，零泪应声落："汝是大家子，仕宦于台阁[125]。慎勿为妇死，贵贱情何薄[126]！东家有贤女，窈窕艳城郭，阿母为汝求，便复在旦夕。"

府吏再拜还，长叹空房中，作计乃尔立[127]。转头向户里，渐见愁煎迫。

其日牛马嘶，新妇入青庐[128]。奄奄[129]黄昏[130]后，寂寂人定初。"我命绝今日，魂去尸长留！"揽裙脱丝履，举身赴清池。

府吏闻此事，心知长别离。徘徊庭树下，自挂东南枝。

两家求合葬，合葬华山[131]傍。东西植松柏，左右种梧桐。枝枝相覆盖，叶叶相交通[132]。中有双飞鸟，自名为鸳鸯。仰头相向鸣，夜夜达五更。行人驻足[133]听，寡妇起彷徨。多谢[134]后世人，戒之慎勿忘！

【说明】

《孔雀东南飞》是中国文学史上第一部长篇叙事诗，也是乐府诗发展史上的高峰之作，后人盛称它与北朝的《木兰诗》为“乐府双璧”。

《孔雀东南飞》取材于东汉献帝年间发生在庐江郡（今安徽怀宁、潜山一带）的一桩婚姻悲剧。原题为《古诗为焦仲卿妻作》，因诗的首句为“孔雀东南飞，五里一徘徊”，故又有此名。全诗350余句，1700余字。主要讲述了焦仲卿、刘兰芝夫妇被迫分离并双双自杀的故事，控诉封建礼教的残酷无情，歌颂焦刘夫妇的真挚感情和反抗精神。

【注释】

（1）建安中：建安年间（196—220）。建安，东汉献帝刘协的年号。

（2）庐江：汉代郡名，郡城在今安徽怀宁、潜山一带。

（3）遣：女子出嫁后被夫家休弃回娘家。

（4）云尔：句末语气词。如此而已。

（5）徘徊（pái huái）：来回走动。汉代乐府诗常以飞鸟徘徊起兴，以写夫妇离别。

（6）素：白绢。这句话开始到“及时相遣归”是焦仲卿妻对仲卿说的。

（7）箜篌（kōnghóu）：古代的一种弦乐器，形如筝、瑟。

（8）诗书：原指《诗经》和《尚书》，这里泛指儒家的经书。

（9）守节：遵守府里的规则。

（10）断：（织成一匹）截下来。

（11）大人故嫌迟：婆婆故意嫌我织得慢。大人：对长辈的尊称，这里指婆婆。

（12）不堪：承受不了。

（13）徒：徒然，白白地。

（14）施：用。

（15）白公姥（mǔ）：禀告婆婆。白：告诉，禀告。公姥：公公婆婆，这里是偏义复词，专指婆婆。

（16）薄禄相：官禄微薄的相貌。

（17）结发：束发。古时候的人到了一定的年龄（男子20岁，女子15岁）才把头发结起来，算是到了成年，可以结婚了。

(18)始尔:刚开始。尔:助词,无义。一说是代词,这样。

(19)致不厚:招致不喜欢。致:招致。厚:厚待。这里是“喜欢”的意思。

(20)区区:小,这里指见识短浅。

(21)自专由:与下句“汝岂得自由”中的“自由”都是自作主张的意思。专:独断专行。由:随意,任意。

(22)贤:这里指聪明贤惠。

(23)可怜:可爱。

(24)伏惟:趴在地上想。古代下级对上级或小辈对长辈说话表示恭敬的习惯用语。

(25)取:通“娶”,娶妻。

(26)床:古代的一种坐具。

(27)会不相从许:当然不能答应你的要求。会:当然,必定。

(28)举言:发言,开口。

(29)新妇:媳妇(不是新嫁娘)。“新妇”是汉代末年对已嫁妇女的通称。

(30)报府:赴府,指回到庐江太守府。

(31)下心意:低心下意,受些委屈。

(32)勿复重(chóng)纷纭:不必再添麻烦吧。也就是说,不必再提接她回来的话了。

(33)初阳岁:农历冬末春初。

(34)谢:辞别。

(35)作息:原意是工作和休息,这里是偏义复词,专指工作。

(36)伶俜(pīng)萦(yíng)苦辛:孤孤单单,受尽辛苦折磨。伶俜,孤单的样子。萦,缠绕。

(37)谓言:总以为。

(38)卒:完成,引申为报答。

(39)绣腰襦(rú):绣花的齐腰短袄。

(40)葳蕤(wēi ruí):草木繁盛的样子,这里形容短袄上刺绣的花叶繁多而美丽。

(41)箱帘:箱,衣箱。帘,通“奁”,古代妇女梳妆用的镜匣。

(42)后人:指府吏将来再娶的妻子。

(43)遗(wèi)施:赠送,施与。

(44)会因:会面的机会。

(45)严妆:整妆,郑重地梳妆打扮。

(46)通:次,遍。

(47)蹑(niè):踩,踏,这里指穿鞋。

(48)玳瑁(dài mào):一种同龟相似的爬行动物,甲壳可制装饰品。

(49)珰(dāng):耳坠。

(50)昔作女儿时:以下八句是仲卿妻对焦母告别时说的话。

(51)野里:乡间。

(52)兼愧:更有愧于……

(53)却:从堂上退下来。

(54)扶将:扶持,搀扶。这里是服侍的意思。

(55)初七及下九:七月七日和每月的十九日。初七,指农历七月七日,旧时妇女在这天晚上在院子里陈设瓜果,向织女星祈祷,祈求提高刺绣缝纫技巧,称为"乞巧"。下九,古人以每月的二十九为上九,初九为中九,十九为下九。在汉朝时候,每月十九日是妇女欢聚的日子。

(56)隐隐:和下面的"甸甸"都是象声词,指车声。

(57)誓不相隔卿……誓天不相负:这是府吏对兰芝说的话。

(58)区区:这里是诚挚的意思,与上面"何乃太区区"中的"区区"意思不同。

(59)若见录:如此记住我。见录,记着我。见,被。录,记。

(60)纫:通"韧",柔韧牢固。

(61)亲父兄:同胞兄。

(62)逆:逆料,想到将来。

(63)劳劳:怅惘若失的样子。

(64)颜仪:脸面,面子。

(65)拊(fǔ)掌:拍手,这里表示惊异。

(66)子自归:你自己回来。意思是,没料到女儿竟被驱遣回家。古代女子出嫁以后,一定要娘家得到婆家的同意,派人迎接,才能回娘家。下文"不迎而自归",也是按这种规矩说的责备的话。

(67)无誓违:不会有什么过失。誓,似应作"諐"。諐,古"愆(qiān)"字。愆违,过失。

(68)悲摧:悲痛,伤心。

(69)窈窕(yǎo tiǎo):容貌体态美好的样子。

(70)便(pián)言多令才:口才很好,又多才能。便言,很会说话。令,美好。

(71)丁宁:嘱咐,后写作“叮咛”。

(72)非奇:不宜,不妥。

(73)断来信:回绝来做媒的人。断,回绝。信,使者,指媒人。

(74)更谓之:再谈它。之,指再嫁之事。

(75)适:出嫁。

(76)不堪:这里是“不能做”的意思。

(77)媒人去数日……丞籍有宦官:寻,随即,不久。丞,县丞,官名。承籍,承继先人的仕籍。宦官,即“官宦”,指做官的人。

(78)娇逸:娇美文雅。

(79)主簿:太守的属官。

(80)作计:拿主意,打算。

(81)量(liáng):考虑。

(82)否(pǐ)泰:都是《易经》中的卦名。这里指运气的好坏。否,坏运气。泰,好运气。

(83)义郎:男子的美称,这里指太守的儿子。

(84)其往欲何云:往后打算怎么办。其往,其后,将来。何云,这里指怎么办。

(85)处分:处置。

(86)适:依照。

(87)要(yāo):相约。

(88)渠(qú)会:同他相会。渠,他。一说是那种相会,渠,那。

(89)登即:立即。

(90)尔尔:如此如此。等于说“就这样,就这样”。

(91)府君:对太守的尊称。

(92)下官:县丞自称。

(93)缘:缘分。

(94)视历:翻看历书。

(95)六合:古时候迷信的人,结婚要选好日子,要年、月、日的干支(干,天干,甲、乙、丙、丁……支,地支,子、丑、寅、卯……)合起来都相适合,这叫“六合”。

(96)卿:你,指县丞。

(97)交语:交相传话。

(98)舫(fǎng):船。

(99)龙子幡(fān):绣龙的旗帜。

(100)婀娜(ē nuó):轻轻飘动的样子。

(101)踯躅(zhí zhú):缓慢不进的样子。

(102)青骢(cōng)马:青白杂毛的马。

(103)流苏:用五彩羽毛做的下垂的缨子。

(104)赍(jī):赠送。

(105)杂彩:各种颜色的绸缎。

(106)交广:交州、广州,古代郡名,这里泛指今广东、广西一带。

(107)鲑(xié):这里是鱼类菜肴的总称。

(108)郁郁:繁盛的样子。

(109)适:刚才。

(110)不举:办不成。

(111)榻(tà):坐具。

(112)晻晻(yǎnyǎn):日色昏暗无光的样子。

(113)摧藏(zàng):摧折心肝。藏,脏腑。

(114)人事不可量:人间的事不能预料。

(115)父母:这里偏指母。

(116)弟兄:这里偏指兄。

(117)日胜贵:一天比一天高贵。

(118)恨恨:抱恨不已,这里指极度无奈。

(119)日冥冥:原意是日暮,这里用太阳下山来比喻生命的终结。

(120)单:孤单。

(121)故:有意,故意。

(122)不良计:不好的打算(指自杀)。

(123)四体:四肢,这里指身体。

(124)直:意思是腰板硬朗。

(125)台阁:原指尚书台,这里泛指大的重府。

(126)情何薄:怎能算是薄情。

(127)乃尔立:就这样决定。

(128)青庐:用青布搭成的篷帐,举行婚礼的地方。

(129)奄奄:通"晻晻",日色昏暗无光的样子。

(130)黄昏:古时计算时间按十二地支将一日分为十二个"时辰"。"黄昏"是"戌时"(相当于现代的晚上7时至9时)。下句的"人定"是"亥时"(相当于现代的晚上9时至11时)。

(131)华山:庐江郡内的一座小山。

(132)交通:交错,这里指挨在一起。

(133)驻足:停步。

(134)谢:告诉。

# 陌上桑[1]

## 汉乐府

日出东南隅[2],照我秦氏楼。秦氏有好女,自名为罗敷。罗敷喜蚕桑[3],采桑城南隅。青丝为笼系[4],桂枝为笼钩[5]。头上倭堕髻[6],耳中明月珠。缃绮[7]为下裙,紫绮为上襦。行者见罗敷,下担捋髭须。少年[8]见罗敷,脱帽着帩头[9]。耕者忘其犁,锄者忘其锄。来归相怨怒,但坐[10]观罗敷。

使君[11]从南来,五马立踟蹰。使君遣吏往,问是谁家姝[12]?"秦氏有好女,自名为罗敷。""罗敷年几何?""二十尚不足,十五颇有余"。使君谢[13]罗敷:"宁可共载不[14]?"罗敷前致辞:"使君一何愚!使君自有妇,罗敷自有夫!"

"东方千余骑,夫婿居上头[15]。何用识夫婿?白马从骊驹,青丝系马尾,黄金络马头;腰中鹿卢剑[16],可值千万余。十五府小吏,二十朝大夫,三十侍中郎[17],四十专城居。为人洁白皙,鬑鬑颇有须。盈盈[18]公府步,冉冉[19]府中趋。坐中数千人,皆言夫婿殊。"

**【说明】**

《陌上桑》是中国汉乐府民歌的名篇,富有喜剧色彩的中国民间叙事诗。

《陌上桑》属于《相和歌辞》，写采桑女秦罗敷的美貌与操守，以及反映了汉代社会制度。

【注释】

(1)陌：田间的路。桑：桑林。

(2)东南隅：指东方偏南。隅，方位、角落。中国在北半球，夏至以后日渐偏南，所以说日出东南隅。

(3)喜蚕桑：喜欢采桑。喜，有的本子作"善"，善于、擅长。

(4)青丝为笼系：用黑色的丝做篮子上的络绳。笼，篮子。系，络绳，缠绕篮子的绳子。

(5)笼钩：一种工具。采桑用来钩桑枝，行时用来挑竹筐。

(6)倭(wō)堕髻(jì)：堕马髻，发髻偏在一边，呈坠落状。倭堕，叠韵字。

(7)缃绮：有花纹的浅黄色的丝织品。

(8)少年：古义十至二十岁的男子。

(9)帩头：帩头，古代男子束发的头巾。

(10)但：只是。坐：因为，由于。

(11)使君：汉代对太守、刺史的通称。

(12)姝(shū)：美丽的女子。

(13)谢：这里是"请问"的意思。

(14)不：通假字，通"否"，音也为"否"的音。

(15)居上头：在行列的前端。意思是地位高，受人尊重。

(16)鹿卢剑：剑把用丝绦缠绕起来，像鹿卢的样子。鹿卢，即辘轳，井上汲水的用具。宝剑，荆轲刺秦王时带的就是"鹿卢剑"。

(17)侍中郎：出入宫禁的侍卫官。

(18)盈盈：仪态端庄美好。

(19)冉冉：走路缓慢。

## 短歌行

### 曹　操

对酒当歌(1)，人生几何(2)！
譬如朝露，去日苦多(3)。

慨当以慷[4]，忧思难忘。
何以解忧？唯有杜康[5]。
青青子衿，悠悠我心[6]。
但为君故，沉吟至今[7]。
呦呦鹿鸣，食野之苹。
我有嘉宾，鼓瑟吹笙[8]。
明明如月，何时可掇[9]？
忧从中来，不可断绝。
越陌度阡[10]，枉用相存[11]。
契阔谈䜩[12]，心念旧恩。
月明星稀，乌鹊南飞。
绕树三匝[13]，何枝可依？
山不厌高，海不厌深[14]。
周公吐哺，天下归心[15]。

**【说明】**

曹操(155—220)，字孟德，一名吉利，小字阿瞒，沛国谯县(今安徽亳州)人。东汉末年杰出的政治家、军事家、文学家、书法家，三国中曹魏政权的奠基人。曹操曾担任东汉丞相，后加封魏王，奠定了曹魏立国的基础。去世后谥号为武王。其子曹丕称帝后，追尊为武皇帝，庙号太祖。

《短歌行》是曹操以乐府古题创作的诗歌，共两首，本诗为第一首。本诗通过宴会的歌唱，以沉稳顿挫的笔调抒写了诗人求贤如渴的思想和统一天下的雄心壮志。

**【注释】**

(1)对酒当歌：一边喝着酒，一边唱着歌。当：对着。一说是应当的意思。

(2)几何：指岁月有多少。

(3)去日苦多：可悲的是逝去的日子又已甚多，有慨叹人生短暂之意。苦，患。

(4)慨当以慷：犹言"当慨而慷"，指宴会上的歌声激昂慷慨。当以，这里是"应当用"的意思。全句意思是，应当用激昂慷慨的方式来唱歌。

(5)杜康:相传是最早造酒的人,这里代指酒。

(6)“青青”二句:出自《诗经·郑风·子衿》。原写姑娘思念情人,这里用来比喻渴望得到有才学的人。子,对对方的尊称。衿(jīn),古式的衣领。青衿,是周代读书人的服装,这里指代有学识的人。悠悠,长久的样子,形容思虑连绵不断。

(7)沉吟:原指小声叨念和思索,这里指对贤人的思念和倾慕。

(8)“呦呦”四句:出自《诗经·小雅·鹿鸣》。呦(yōu)呦,鹿叫的声音。苹:艾蒿。鼓:弹。

(9)掇(duō):拾取,摘取。一说掇为通假字,通“辍(chuò)”,即停止的意思。

(10)越陌度阡:穿过纵横交错的小路。陌,东西向田间小路。阡,南北向的小路。

(11)枉用相存:屈驾来访。枉:这里是“枉驾”的意思。用:以。存:问候,思念。

(12)契阔:契是投合,阔是疏远,这里是偏义复词,偏用“契”的意义。讌(yàn):通“宴”,宴饮。

(13)三匝(zā):三周。匝:周,圈。

(14)海不厌深:一本作“水不厌深”。这里是借用《管子·形解》中的话,原文是:“海不辞水,故能成其大;山不辞土,故能成其高;明主不厌人,故能成其众;士不厌学,故能成其圣。”意思是表示希望尽可能多地接纳人才。

(15)“周公”二句:引周公自比,说明求贤建业的心思。哺(bǔ),口中咀嚼的食物。《史记》载周公自谓:“一沐三握发,一饭三吐哺,起以待士,犹恐失天下之贤人。”

## 观沧海

### 曹 操

东临(1)碣(2)石,以观沧(3)海(4)。
水何(5)澹澹(6),山岛竦峙(7)。
树木丛生,百草丰茂。
秋风萧瑟(8),洪波(9)涌起。

日月(10)之行，若(11)出其中。
星汉(12)灿烂，若出其里。
幸(13)甚(14)至(15)哉，歌以咏志(16)。

【说明】

《观沧海》选自《乐府诗集》，《观沧海》是后人根据第一句话加的，原文是《步出夏门行》中的第一章。这首诗是在建安十二年(207)曹操北征乌桓胜利班师，途中登临碣石山时所作，诗人借大海的雄伟壮丽景象，表现了开阔的胸襟，抒发了统一中原建功立业的抱负。

【注释】

(1)临：登上，有游览的意思。

(2)碣(jié)石：山名。碣石山，河北昌黎碣石山。公元207年秋天，曹操征乌桓得胜回师时经过此地。

(3)沧：通“苍”，青绿色。

(4)海：渤海。

(5)何：多么。

(6)澹澹(dàn)：水波摇动的样子。

(7)竦峙(sǒng zhì)：高高地挺立。竦：高起。峙：挺立。

(8)萧瑟：树木被秋风吹的声音。

(9)洪波：汹涌澎湃的波浪。

(10)日月：太阳和月亮。

(11)若：如同，好像是。

(12)星汉：银河，天河。

(13)幸：庆幸。

(14)甚：非常。

(15)至：极点。

(16)幸甚至哉，歌以咏志：乐府歌结束用语，不影响全诗内容与感情。意为太值得庆幸了！就用诗歌来表达心志吧。

# 白马篇[1]

## 曹 植

白马饰金羁[2],连翩西北驰[3]。
借问谁家子? 幽并游侠儿[4]。
少小去乡邑[5],扬声沙漠垂[6]。
宿昔秉良弓[7],楛矢何参差[8]!
控弦破左的[9],右发摧月支[10]。
仰手接飞猱[11],俯身散马蹄[12]。
狡捷过猴猿[13],勇剽若豹螭[14]。
边城多警急,虏骑数迁移[15]。
羽檄从北来[16],厉马登高堤[17]。
长驱蹈匈奴[18],左顾凌鲜卑[19]。
弃身锋刃端[20],性命安可怀[21]?
父母且不顾,何言子与妻?
名编壮士籍[22],不得中顾私[23]。
捐躯赴国难[24],视死忽如归。

【说明】

曹植(192—232),字子建,是曹操与武宣卞皇后所生第三子,生前曾为陈王,去世后谥号“思”,因此又称陈思王。曹植是三国时期著名文学家,作为建安文学的代表人物之一与集大成者,后人因其文学上的造诣而将他与曹操、曹丕合称为“三曹”。南朝宋文学家谢灵运有“天下才有一石,曹子建独占八斗”的评价。

《白马篇》是三国时期曹魏文学家曹植前期的代表作品。此诗以曲折动人的情节描写边塞游侠儿捐躯赴难、奋不顾身的英勇行为,塑造了边疆地区一位武艺高超、渴望为国立功甚至不惜牺牲生命的游侠少年形象,表达了诗人建功立业的强烈愿望。

【注释】

(1)白马篇:又名“游侠篇”,是曹植创作的乐府新题,属《杂曲歌·齐瑟行》,以开头二字名篇。

(2)金羁(jī):金饰的马笼头。

(3)连翩(piān):连续不断,原指鸟飞的样子,这里用来形容白马奔驰的俊逸形象。

(4)幽并:幽州和并州。在今河北、山西、陕西一带。

(5)去乡邑:离开家乡。

(6)扬声:扬名。垂:同“陲”,边境。

(7)宿昔:早晚。秉:执、持。

(8)楛(hù)矢:用楛木做成的箭。何:多么。参差(cēncī):长短不齐的样子。

(9)控弦:开弓。的(dí):箭靶。

(10)摧:毁坏。月支:箭靶的名称。左、右是互文见义。

(11)接:接射。飞猱(náo):飞奔的猿猴。猱:猿的一种,行动轻捷,攀缘树木,上下如飞。

(12)散:射碎。马蹄:箭靶的名称。

(13)狡捷:灵活敏捷。

(14)勇剽(piāo):勇敢剽悍。螭(chī):传说中形状如龙的黄色猛兽。

(15)虏骑(jì):指匈奴、鲜卑的骑兵。数(shuò)迁移:指经常进兵人侵。数:经常。

(16)羽檄(xí):军事文书,插鸟羽以示紧急,必须迅速传递。

(17)厉马:扬鞭策马。

(18)长驱:向前奔驰不止。蹈:践踏。

(19)顾:看。凌:压制。鲜卑:中国东北方的少数民族,东汉末成为北方强族。

(20)弃身:舍身。

(21)怀:爱惜。

(22)籍:名册。

(23)中顾私:心里想着个人的私事。中:内心。

(24)捐躯:献身。赴:奔赴。

# 七步诗

## 曹 植

煮豆持作羹(1),漉豉以为汁(2)。
萁在釜下燃(3),豆在釜中泣(4)。
本自同根生,相煎何太急(5)?

【说明】

相传,曹植的哥哥曹丕继位后,担心这个有学识又有政治志向的弟弟会威胁自己的皇位,就想除掉他。曹植知道哥哥存心陷害自己,可又无法开脱,只好在极度悲愤中七步之内应声成诗。据《世说新语·文学》记载:"文帝(曹丕)尝令东阿王(曹植)七步中作诗,不成者行大法(杀),应声便为诗……帝深有惭色。"诗中用浅显生动的比喻,说明兄弟本来像手足一样,所以不应该相互残杀。

【注释】

(1)持:用来、用作。羹(gēng):用肉或菜做成的糊状食物。

(2)漉(lù):过滤。豉(chǐ):煮熟后发酵过的豆。有版本也作菽(shū)。

(3)萁(qí):豆茎,晒干后用作柴火烧。

(4)釜(fǔ):古代的一种锅。

(5)煎:煎熬,比喻迫害。

# 饮 酒

## 陶渊明

结庐(1)在人境,而无车马喧(2)。
问君(3)何能尔(4)? 心远地自偏。
采菊东篱下,悠然(5)见(6)南山(7)。
山气日夕(8)佳,飞鸟相与还(9)。

此中有真意，欲辨已忘言。

【说明】

陶渊明(365—427)，东晋诗人、辞赋家、散文家。一名潜，字元亮，世称“靖节先生”。长于诗文辞赋。诗多描绘田园风光及农村生活的情景。

《饮酒》是诗人创作的一组五言诗，共二十首，本诗为其中一首。这二十首诗借酒为题，以饱含忧愤的笔触，抒写了作者对现实的不满和对田园生活的喜爱，充分表现了其高洁傲岸的道德情操和安贫乐道的生活情趣。

【注释】

(1)结庐：建造住宅，这里指居住的意思。

(2)车马喧：指世俗交往的喧扰。

(3)君：指作者自己。

(4)何能尔：为什么能这样。尔：如此、这样。

(5)悠然：自得的样子。

(6)见：看见(读 jiàn)，动词。

(7)南山：泛指山峰，一说指庐山。

(8)日夕：傍晚。相与：相交，结伴。

(9)相与还：结伴而归。

## 木兰诗

### 北朝民歌

唧唧复唧唧(1)，木兰当户织(2)。不闻机杼声(3)，惟闻女叹息(4)。问女何所思(5)，问女何所忆(6)。女亦无所思，女亦无所忆。昨夜见军帖(7)，可汗大点兵(8)。军书十二卷(9)，卷卷有爷名(10)。阿爷无大儿，木兰无长兄。愿为市鞍马(11)，从此替爷征。

东市买骏马，西市买鞍鞯(12)，南市买辔头(13)，北市买长鞭。旦辞爷娘去(14)，暮宿黄河边。不闻爷娘唤女声，但闻黄河流水鸣溅溅(15)。旦辞黄河去(16)，暮至黑山头(17)。

不闻爷娘唤女声，但闻燕山胡骑鸣啾啾(18)。

万里赴戎机，关山度若飞(19)。朔气传金柝(20)，寒光照铁衣(21)。将军百战死，壮士十年归。

归来见天子(22)，天子坐明堂(23)。策勋十二转(24)，赏赐百千强(25)。可汗问所欲(26)，木兰不用尚书郎(27)，愿驰千里足(28)，送儿还故乡。

爷娘闻女来，出郭相扶将(29)；阿姊闻妹来(30)，当户理红妆(31)；小弟闻姊来，磨刀霍霍向猪羊(32)。开我东阁门，坐我西阁床。脱我战时袍，著我旧时裳(33)。当窗理云鬓(34)，对镜帖花黄(35)。出门看火伴(36)，火伴皆惊忙：同行十二年，不知木兰是女郎。

雄兔脚扑朔，雌兔眼迷离(37)；双兔傍地走，安能辨我是雄雌(38)。

【说明】

《木兰诗》是一首长篇叙事诗，讲述了一个叫木兰的女孩，女扮男装，替父从军，在战场上建立功勋，回朝后不愿作官，只求回家团聚的故事，热情赞扬了这位女子勇敢善良的品质、保家卫国的热情和英勇无畏的精神。

北朝民歌是指南北朝时期北方文人所创作的作品，其内容丰富，语言质朴，风格粗犷豪迈，主要收录在《乐府诗集》中，今存60多首，其代表作有《敕勒歌》《木兰诗》等。

【注释】

(1)唧(jī)唧：纺织机的声音。一说为叹息声，意思是木兰无心织布，停机叹息。首句一作“唧唧何力力”。

(2)当(dāng)户：对着门或在门旁，泛指在家中。

(3)机杼(zhù)声：织布机发出的声音。机：指织布机。杼：织布的梭子。

(4)惟：只。

(5)何：什么。

(6)忆：思念，惦记

(7)军帖(tiè)：征兵的文书。

(8)可汗(kèhán)：古代西北地区少数民族对君主的称呼。大点兵：大规模征兵。

(9)军书十二卷:征兵的名册很多卷。十二:表示很多,不是确指。下文的“十年”“十二转”“十二年”,用法与此相同。

(10)爷:和下文的“阿爷”一样,都指父亲。当时北方呼父为“阿爷”。

(11)愿为市鞍(ān)马:为,为此(指代父从军)。市,买。鞍马:马匹和乘马用具。

(12)鞯(jiān):马鞍下的垫子。

(13)辔(pèi)头:驾驭牲口用的嚼子、笼头和缰绳。

(14)辞:离开,辞行。

(15)溅(jiān)溅:水流激射的声音。

(16)旦:早晨。

(17)暮:夜晚。黑山:今呼和浩特市东南。公元429年,《北史·蠕蠕传》:“车驾出东道,向黑山”。

(18)但闻:只听见。胡骑(jì):胡人的战马。胡:古代对北方少数民族的称呼。啾(jiū)啾:马叫的声音。公元429年,《北史·蠕蠕传》:“北度燕然山,南北三千里。”

(19)万里赴戎机:不远万里,奔赴战场。戎机:军机,指战争。关山度若飞:像飞一样地跨过一道道的关,越过一座座的山。度:越过。

(20)朔(shuò)气传金柝:北方的寒气传送着打更的声音。朔:北方。金柝(tuò),即刁斗。古代军中用的一种铁锅,白天用来做饭,晚上用来报更。一说金为刁斗,柝为木柝。李善注:“金,谓刁斗也。衞宏《汉旧仪》曰:昼漏尽,夜漏起,城门击刁斗,周庐击木柝。”

(21)寒光照铁衣:冰冷的月光照在将士们的铠甲上。寒光:指清冷的月光。铁衣:古代战士穿的带有铁片的战衣。

(22)天子:即前面所说的“可汗”。

(23)明堂:皇帝用来祭祀、接见诸侯、选拔等所用的殿堂。

(24)策勋十二转(zhuǎn):记很大的功。策勋,记功。转:勋级每升一级叫一转,十二转为最高的勋级。十二转:不是确数,形容功劳极高。

(25)赏赐百千强(qiáng):赏赐很多的财物。百千:形容数量多。强:有余。

(26)问所欲:问(木兰)想要什么。

(27)不用:不为,不做。尚书郎:官名,魏晋以后在尚书台(省)下分设若干曹(部),主持各曹事务的官通称尚书郎。

(28)千里足:可驰千里的脚力,指好马。一作“愿借明驼千里足”,均指愿得良骑速回故乡。

(29)郭:外城。扶:扶持。将:助词,不译。以上二句是说父母互相搀扶着到城外来迎接木兰。

(30)姊(zǐ):姐姐。

(31)理:梳理。红妆(zhuāng):指女子的艳丽装束。

(32)霍(huò)霍:磨刀迅速时发出的声音。一说,刀光闪动疾速貌。

(33)著(zhuó):通假字通“着”,穿。

(34)云鬓(bìn):像云那样的鬓发,形容好看的头发。

(35)帖(tiē)花黄:当时流行的一种化妆款饰,把金黄色的纸剪成星、月、花、鸟等形状贴在额上,或在额上涂一点黄的颜色。帖:同“贴”。花黄:古代妇女的一种面部装饰物。

(36)火伴:古时兵制,十人为一火,火伴即同火的人。

(37)“雄兔”二句:据说,提着兔子的耳朵悬在半空时,雄兔两只前脚时时动弹,雌兔两只眼睛时常眯着,所以容易辨认。扑朔:形容雄兔脚上的毛蓬松的样子。迷离:形容雌兔的眼睛被蓬松的毛遮蔽的样子。

(38)“双兔”二句:当两只兔子一起在地上跑时便区别不出它们的雌雄。傍(bàng)地走,指在地上跑。以上四句通过雄兔雌兔在跑动时不能区别的比喻,对木兰的才能和智慧加以赞扬和肯定,传达了一种“谁说女子不如男”的观念。

## 敕勒歌(1)

### 北朝民歌

敕勒川(2),阴山(3)下。
天似穹庐(4),笼盖四野(5)。
天苍苍(6),野茫茫(7),
风吹草低见牛羊(8)。

**【说明】**

《敕勒歌》选自《乐府诗集》,是南北朝时期黄河以北流传的一首民歌,一般认为是由鲜卑语译成汉语的。民歌歌颂了北国草原壮丽富饶的风光，抒发敕勒人热爱家乡热爱生活的豪情。

【注释】

(1)敕勒(chì lè)：种族名，北齐时居住在朔州(今山西省北部)一带。

(2)敕勒川：川，平川、平原。敕勒族居住的地方，在现在的山西、内蒙古一带。北魏时期把今河套平原至土默川一带称为敕勒川。

(3)阴山：在今内蒙古自治区北部。

(4)穹庐(qióng lú)：用毡布搭成的帐篷，即蒙古包。

(5)笼盖四野(yǎ)：笼盖，另有版本作"笼罩"(洪迈《容斋随笔》卷一和胡仔《苕溪渔隐丛话》后集卷三十一)；四野，草原的四面八方。

(6)苍苍：青色。天苍苍，天蓝蓝的。

(7)茫茫：辽阔无边的样子。

(8)见(xiàn)：同"现"，显露。

## 送杜少府之任蜀州(1)

### 王　勃

城阙辅三秦(2)，风烟望五津(3)。
与君离别意(4)，同是宦游人(5)。
海内存知己(6)，天涯若比邻(7)。
无为在歧路(8)，儿女共沾巾(9)。

【说明】

王勃(约650—约676)，字子安，汉族，唐代诗人。绛州龙门(今山西河津)人，出身儒学世家，与杨炯、卢照邻、骆宾王并称为"初唐四杰"，王勃为四杰之首。

这是一首送别诗，是作者在长安的时候写的。"少府"，是唐朝对县尉的通称。杜少府将到四川去做官，王勃在长安相送，临别时赠送给他这首诗。"海内存知己，天涯若比邻"是传诵名句。

【注释】

(1)少府：官名。之：到、往。蜀州：今四川崇州。

(2)城阙(què)辅三秦:城阙,即城楼,指唐代京师长安城。辅,护卫。三秦,指长安城附近的关中之地,即今陕西省潼关以西一带。秦朝末年,项羽破秦,把关中分为三区,分别封给三个秦国的降将,所以称三秦。这句是倒装句,意思是京师长安三秦作保护。

(3)风烟望五津:"风烟"两字名词用作状语,表示行为的处所。全句意为江边因远望而显得迷茫如啼眼,是说在风烟迷茫之中,遥望蜀州。五津:指岷江的五个渡口白华津、万里津、江首津、涉头津、江南津。这里泛指蜀川。辅三秦:一作"俯西秦"。

(4)君:对人的尊称,相当于"您"。

(5)同:一作"俱"。宦(huàn)游:出外做官。

(6)海内:四海之内,即全国各地。古代人认为我国疆土四周环海,所以称天下为四海之内。

(7)天涯:天边,这里比喻极远的地方。比邻:并邻,近邻。

(8)无为:无须、不必。歧(qí)路:岔路。古人送行常在大路分岔处告别。

(9)沾巾:泪水沾湿衣服和腰带。意思是挥泪告别。

# 春江花月夜

## 张若虚

春江潮水连海平,海上明月共潮生。
滟滟随波千万里[(1)],何处春江无月明!
江流宛转绕芳甸[(2)],月照花林皆似霰[(3)]。
空里流霜不觉飞[(4)],汀上白沙看不见[(5)]。
江天一色无纤尘[(6)],皎皎空中孤月轮[(7)]。
江畔何人初见月?江月何年初照人?
人生代代无穷已[(8)],江月年年望相似[(9)]。
不知江月待何人,但见长江送流水[(10)]。
白云一片去悠悠[(11)],青枫浦上不胜愁[(12)]。

谁家今夜扁舟子[13]？何处相思明月楼[14]？
可怜楼上月徘徊[15]，应照离人妆镜台[16]。
玉户帘中卷不去[17]，捣衣砧上拂还来[18]。
此时相望不相闻[19]，愿逐月华流照君[20]。
鸿雁长飞光不度，鱼龙潜跃水成文[21]。
昨夜闲潭梦落花[22]，可怜春半不还家。
江水流春去欲尽，江潭落月复西斜。
斜月沉沉藏海雾，碣石潇湘无限路[23]。
不知乘月几人归[24]，落月摇情满江树[25]。

**【说明】**

张若虚，唐代诗人。扬州（今属江苏）人。生卒年、字号均不详。唐中宗神龙年间，与贺知章、贺朝、万齐融、邢巨、包融俱以文辞俊秀驰名于京都，与贺知章、张旭、包融并称“吴中四士”。《全唐诗》仅存其诗二首，而这首《春江花月夜》又是最著名的一首，以“孤篇横绝全唐”，奠定了张若虚在唐代文学史的不朽地位。

这首诗沿用乐府旧题，运用富有生活气息的清丽之笔，以月为主体，以江为场景，描绘了一幅幽美邈远、惝恍迷离的春江月夜图，抒写了游子思妇真挚动人的离情别绪以及富有哲理意味的人生感慨，表现了一种迥绝的宇宙意识，创造了一个深沉、寥廓、宁静的境界。全诗共三十六句，每四句一换韵，通篇融诗情、画意、哲理为一体，意境空明，想象奇特，语言自然隽永，韵律宛转悠扬，洗净了六朝宫体的浓脂腻粉，具有极高的审美价值。

**【注释】**

（1）滟（yàn）滟：波光荡漾的样子。

（2）芳甸（diàn）：开满花草的郊野。甸，郊外之地。

（3）霰（xiàn）：天空中降落的白色不透明的小冰粒。此处形容月光下春花晶莹洁白。

（4）流霜：飞霜。古人以为霜和雪一样，是从空中落下来的，所以叫流霜。此处比喻月光皎洁，月色朦胧、流荡，所以不觉得有霜霰飞扬。

（5）汀（tīng）：水边平地，小洲。

（6）纤尘：微细的灰尘。

（7）月轮：指月亮，因为月圆时像车轮，所以称为月轮。

(8)穷已:穷尽。

(9)望:一作"只"。

(10)但见:只见、仅见。

(11)悠悠:渺茫、深远。

(12)青枫浦:地名,今湖南浏阳市境内有青枫浦。这里泛指游子所在的地方。暗用《楚辞·招魂》"湛湛江水兮上有枫,目极千里兮伤春心"句意,隐含离别之意。

(13)扁舟子:漂荡江湖的游子。扁舟:小舟。

(14)明月楼:月夜下的闺楼。这里指闺中思妇。

(15)月徘徊:指月光偏照闺楼,徘徊不去,令人不胜其相思之苦。

(16)离人:此处指思妇。妆镜台:梳妆台。

(17)玉户:形容楼阁华丽,以玉石镶嵌。

(18)捣衣砧(zhēn):捣衣石,捶布石。

(19)相闻:互通音信。

(20)逐:追随。月华:月光。

(21)文:同"纹"。

(22)闲潭:幽静的水潭。

(23)碣(jié)石潇湘:碣石,山名,在渤海边上。潇湘,湘江与潇水,在今湖南。这里两个地名一南一北,暗指路途遥远,相聚无望。无限路:极言离人相距之远。

(24)乘月:趁着月光。

(25)摇情:激荡情思,犹言牵情。

## 回乡偶书(1)

### 贺知章

少小离家老大回(2),乡音无改鬓毛衰(3)。

儿童相见不相识(4),笑问客从何处来(5)。

**【说明】**

贺知章(约659—约744),字季真,唐代著名诗人、书法家,越州永兴(今浙江萧山)人。少时就以诗文知名。武则天证圣元年(695)中乙未科状元。

为人旷达不羁，有“清谈风流”之誉，晚年尤纵，自号“四明狂客”“秘书外监”。八十多岁告老还乡，旋逝。属于盛唐前期诗人，又是著名书法家。与张若虚、张旭、包融并称“吴中四士”。

本诗是写于诗人晚年辞官还乡之时，不仅抒发作者久客他乡的伤感，也写出了久别回乡的亲切感；语言朴实无华，感情自然逼真，充满生活情趣。

【注释】

(1)偶书：随便写的诗。偶，说明诗写作得很偶然，是随时有所见、有所感就写下来的。

(2)少小离家：贺知章三十七岁中进士，在此以前就离开家乡。老大：年纪大了。贺知章回乡时已年逾八十。

(3)乡音：家乡的口音。无改：没什么变化。一作“难改”。鬓毛衰(cuī)：老年人须发稀疏变少。鬓毛，额角边靠近耳朵的头发。一作“面毛”。衰，此处应是减少的意思。全句意谓口音未变鬓发却已疏落、减少。

(4)相见：即看见我。相，带有指代性的副词。不相识：即不认识我。

(5)笑问：笑着询问。一本作“却问”，一本作“借问”。

## 咏　柳

### 贺知章

碧玉(1)妆(2)成一树(3)高，
万条垂下绿丝绦(4)。
不知细叶谁裁(5)出，
二月春风似(6)剪刀。

【说明】

这首诗是一首咏物诗。诗的前两句连用两个新美的喻象，描绘春柳的勃勃生机，葱翠袅娜；后两句更别出心裁地把春风比喻为“剪刀”，将视之无形不可捉摸的“春风”形象地表现出来，不仅立意新奇，而且饱含韵味。本诗通过对柳树的精细描写，展现了春天的无限生机。

【注释】

(1)碧玉：碧绿色的玉。这里用以比喻春天嫩绿的柳叶。

(2)妆：装饰，打扮。

(3)一树:满树。一:满,全。在中国古典诗词和文章中,数量词在使用中并不一定表示确切的数量。下一句的“万”,就是表示很多的意思。

(4)绦(tāo):用丝编成的绳带。这里指像丝带一样的柳条。

(5)裁:裁剪。

(6)似:如同,好像。

## 登鹳雀楼(1)

### 王之涣

白日依山尽(2),黄河入海流。
欲穷千里目(3),更上一层楼(4)。

【说明】

王之涣(688—742),是盛唐时期的著名的诗人,字季凌,绛州(今山西新绛县)人。常与高适、王昌龄等相唱和,善于描写边塞风光。

这首诗是唐代五言诗的压卷之作,写诗人在登高望远中表现出来的不凡的胸襟抱负,反映了盛唐时期人们积极向上的进取精神。诗人也因这首五言绝句而名垂千古,鹳雀楼也因此诗而名扬中华。

【注释】

(1)鹳雀楼:古名鹳鹊楼,因时有鹳鹊栖其上而得名,其故址在永济市境内古蒲州城外西南的黄河岸边。《蒲州府志》记载:“(鹳雀楼)旧在郡城西南黄河中高阜处,时有鹳雀栖其上,遂名。”

(2)白日:太阳。依:依傍。尽:消失。这句话是说太阳依傍山峦沉落。

(3)欲:想要。穷:尽,使达到极点。千里目:眼界宽阔。

(4)更:再。

## 凉州词(1)

### 王之涣

黄河远上(2)白云间,一片孤城(3)万仞山。

羌笛[4]何须怨杨柳，春风不度[5]玉门关[6]。

【说明】

这首《凉州词》是诗人写的组诗作品，共两首，这里选的是其中一首。诗中先用对比的手法，写出山川河流的雄阔苍茫和漠北孤城的险要，然后转入闻听羌笛幽怨曲调的感受。这首诗写出戍边者不得还乡的怨情，但写得悲壮苍凉，没有衰萎颓唐的情调，表现出诗人广阔的胸襟。也许正因为《凉州词》情调悲而不失其壮，所以才能成为“唐音”的典型代表。

【注释】

(1)凉州词：又名《出塞》。为当时流行的一首曲子《凉州》配的唱词。郭茂倩《乐府诗集》卷七十九《近代曲词》载有《凉州歌》，并引《乐苑》云：“《凉州》，宫调曲，开元中西凉府都督郭知运进。”凉州，属唐陇右道，治所在姑臧县(今甘肃省武威市凉州区)。

(2)远上：远远向西望去。黄河远上：远望黄河的源头。“河”一作“沙”，“远”一作“直”。

(3)孤城：指孤零零的戍边的城堡。仞：古代的长度单位，一仞相当于七尺或八尺(约等于213 厘米或264cm 厘米)。

(4)羌笛：古羌族主要分布在甘、青、川一带。羌笛是羌族乐器，属横吹式管乐。何须：何必。杨柳：《折杨柳》曲。古诗文中常以杨柳喻送别情事。《诗经・小雅・采薇》：“昔我往矣，杨柳依依。”北朝乐府《鼓角横吹曲》有《折杨柳枝》，歌词曰：“上马不捉鞭，反拗杨柳枝。下马吹横笛，愁杀行客儿。”

(5)度：吹到过。

(6)玉门关：汉武帝置，因西域输入玉石取道于此而得名。故址在今甘肃敦煌西北小方盘城，是古代通往西域的要道。六朝时关址东移至今安西双塔堡附近。

## 凉州词

### 王　翰

葡萄美酒夜光杯[1]，欲饮琵琶[2]马上催[3]。
醉卧沙场[4]君[5]莫笑，古来征战[6]几人回。

【说明】

王翰(687—726),字子羽,晋阳(今山西太原)人。睿宗景云元年(710)进士。性豪放,喜游乐饮酒,能写歌词,并自歌自舞。

这首《凉州词》是诗人写的组诗作品,共两首,这里选的是其中一首。诗中渲染了出征前盛大华贵的酒筵以及战士们开怀痛饮、尽情酣醉的场面,表现了战士们将生死置之度外的旷达、奔放的思想感情。这首诗也被明代的王世贞推为唐代七绝的压卷之作,千百年来,这首诗一直为人们所传诵。

【注释】

(1)夜光杯:用白玉制成的酒杯,光可照明,这里指华贵而精美的酒杯。据《海内十洲记》所载,为周穆王时西胡所献之宝。

(2)琵琶:这里指作战时用来发出号角的声音时用的。

(3)催:催人出征;也有人解作鸣奏助兴。

(4)沙场:战场。

(5)君:您。

(6)古来:自古以来。

## 望洞庭湖赠张丞相(1)

### 孟浩然

八月湖水平(2),涵虚混太清(3)。
气蒸云梦泽(4),波撼岳阳城(5)。
欲济无舟楫(6),端居耻圣明(7)。
坐观垂钓者(8),空有羡鱼情(9)。

【说明】

孟浩然(689—740),唐代诗人。本名浩,字浩然。襄州襄阳人(今湖北襄阳人),世称孟襄阳。与另一位山水田园诗人王维并称“王孟”。其诗清淡,长于写景,多反映山水田园和隐逸、行旅等内容,绝大部分为五言短篇,在艺术上有独特的造诣。

这是一首干谒诗,是写给当时在相位的张九龄的,通过描述面临烟波浩渺的洞庭湖欲渡无舟的感叹以及临渊而羡鱼的情怀,曲折地表达了诗人希望张九龄予以援引之意。

【注释】

(1)洞庭湖:中国第二大淡水湖,在今湖南省北部。张丞相:指张九龄,唐玄宗时宰相。

(2)湖:此指洞庭湖。

(3)涵虚:包含天空,指天空倒映在水中。涵,包容。虚,虚空,空间,高空。混太清:与天混为一体。太清,指天空。

(4)气蒸:一作"气吞"。云梦泽:古代云梦泽分为云泽和梦泽,指湖北南部、湖南北部一带低洼地区。洞庭湖是它南部的一角。

(5)撼:摇动。一作"动"。岳阳城:在洞庭湖东岸。

(6)"欲济"句:想渡湖而没有船只,比喻想做官而无人引荐。济:渡。楫(jí):划船用具,船桨,这里也是借指船。

(7)"端居"句:生在太平盛世自己却闲居在家,因此感到羞愧。端居:闲居。圣明:指太平盛世,古时认为皇帝圣明,社会就会安定。

(8)坐观:一作"徒怜"。者:一作"叟"。

(9)空:一作"徒"。羡鱼:语出《淮南子·说林训》:"临河而羡鱼,不如归家织网。"

## 宿建德江(1)

### 孟浩然

移舟泊烟渚(2),日暮客愁新(3)。
野旷天低树(4),江清月近人(5)。

【说明】

这是一首刻画秋江暮色的诗,是唐代诗人五绝中的写景名篇。诗人把小船停靠在烟雾迷蒙的江边,想起了以往的事情,以舟泊暮宿作为自己抒发感情的归宿,写出了诗人的羁旅之思。

【注释】

(1)建德江:指新安江流经建德(今属浙江)西部的一段江水。

(2)移舟:划动小船。泊:停船靠岸。烟渚(zhǔ):指江中雾气笼罩的小沙洲。烟:一作"幽"。渚:水中小块陆地。《尔雅·释水》:"水中可居者曰洲,小洲曰渚。"

(3)客:指作者自己。愁:为思乡而忧思不堪。

(4)野:原野。旷:空阔远大。天低树:天幕低垂,好像和树木相连。

(5)月近人:倒映在水中的月亮好像来靠近人。

# 出塞

## 王昌龄

秦时明月汉时关,万里长征人未还。
但使(1)龙城飞将(2)在,不教胡马度阴山(3)。

【说明】

王昌龄(698—756),字少伯,河东晋阳(今山西太原)人,盛唐著名边塞诗人,后人誉为"七绝圣手"。与李白、高适、王维、王之涣、岑参等交往深厚。其诗以七绝见长,尤以登第之前赴西北所作边塞诗最为著名,有"诗家夫子王江宁"之誉。

这是一首著名的边塞诗,表达了诗人希望起任良将,早日平息边塞战事,使人民过上安定生活的愿望。

【注释】

(1)但使:只要。

(2)龙城飞将,所谓的龙城飞将是西汉时期的著名军事将领李广。李广(?—前119),汉族,甘肃天水人,中国西汉时期的名将,被匈奴称之"飞将军"。"龙城",甘肃省天水市的别称,称天水为"龙城"是自它是"人首龙身"的人类始祖伏羲出世之地。《汉书·地理志》也载,天水郡有成纪县,因而天水素有"羲皇故里"之称。李广是天水人,故被匈奴人称为"飞将军"。

(3)不教:不叫,不让。教:让。胡马:指侵扰内地的外族骑兵。度:越过。阴山:昆仑山的北支,起自河套西北,横贯绥远、察哈尔及热河北部,是中国北方的屏障。

# 从军行[1]

## 王昌龄

青海长云暗雪山[2]，孤城遥望玉门关[3]。
黄沙百战穿金甲，不破楼兰终不还[4]。

【说明】

《从军行》共七首，此选其中一首，这首诗主要表现战士们为保卫祖国矢志不渝的崇高精神。

【注释】

(1)从军行：为乐府《相和歌·平调曲》旧题，多写军旅生活。

(2)青海：指青海湖，在今青海省。唐朝大将哥舒翰筑城于此，置神威军戍守。长云：层层浓云。雪山：即祁连山，山巅终年积雪，故云。

(3)孤城：即玉门关。玉门关：汉置边关名，在今甘肃敦煌西。一作“雁门关”。

(4)破：一作“斩”。楼兰：汉时西域国名，即鄯善国，在今新疆维吾尔自治区鄯善县东南一带。西汉时楼兰国王与匈奴勾结，屡次杀害汉朝通西域的使臣。此处泛指唐西北地区常常侵扰边境的少数民族政权。终不还：一作“竟不还”。

# 芙蓉楼送辛渐[1]

## 王昌龄

寒雨连江夜入吴[2]，平明送客楚山孤[3]。
洛阳亲友如相问[4]，一片冰心在玉壶[5]。

【说明】

这一首送别诗，是诗人被贬为江宁县丞时所写。此诗构思新颖，淡写朋友的离情别绪，重写自己的高风亮节。全诗即景生情，寓情于景，含蓄蕴藉，韵味无穷。

【注释】

(1)芙蓉楼:原名西北楼,登临可以俯瞰长江,遥望江北,在润州(今江苏省镇江市)西北。据《元和郡县志》卷二十六《江南道·润州》丹阳:"晋王恭为刺史,改创西南楼名万岁楼,西北楼名芙蓉楼。"一说此处指黔阳(今湖南黔城)芙蓉楼。辛渐:诗人的一位朋友。

(2)寒雨:秋冬时节的冷雨。连江:雨水与江面连成一片,形容雨很大。吴:古代国名,这里泛指江苏南部、浙江北部一带。江苏镇江一带为三国时吴国所属。

(3)平明:天亮的时候。客:指作者的好友辛渐。楚山:楚地的山。这里的楚也指镇江市一带,因为古代吴、楚先后统治过这里,所以吴、楚可以通称。孤:独自,孤单一人。

(4)洛阳:现位于河南省西部、黄河南岸。

(5)冰心,比喻纯洁的心。玉壶,道教概念妙真道教义,专指自然无为虚无之心。陆机《汉高祖功臣颂》有"心若怀冰"句,比喻心地纯洁。鲍照《代白头吟》:"直如朱丝绳,清如玉壶冰。"也是以"玉壶冰"比喻清白的操守。唐人有时也以此比喻为官廉洁,如姚崇《冰壶诫》序云"夫洞澈无瑕,澄空见底,当官明白者,有类是乎?故内怀冰清,外涵玉润,此君子冰壶之德也"。

## 山居秋暝(1)

### 王　维

空山新雨后(2),天气晚来秋。

明月松间照,清泉石上流(3)。

竹喧归浣女(4),莲动下渔舟。

随意春芳歇(5),王孙自可留(6)。

【说明】

王维(701—761,一说699—761),河东蒲州(今山西运城)人,祖籍山西祁县。唐朝著名诗人、画家,字摩诘,号摩诘居士。出身河东王氏,于开元十九年(731)状元及第,一说开元九年(721)中进士。官至尚书右丞,故世称"王右丞"。王维参禅悟理,学庄信道,精通诗、书、画、音乐等,以诗名盛于开元、天宝间，尤长五言，多咏山水田园，与孟浩然合称“王孟”，有“诗佛”之称。

这首诗是诗人隐居终南山下辋川别业（别墅）时所作，描绘了秋雨初晴后傍晚时分山村的旖旎风光和山居村民的淳朴风尚，表现了诗人寄情山水田园并对隐居生活怡然自得的满足心情，以自然美来表现人格美和社会美，体现了诗人“诗中有画”的创作特点。

【注释】

(1)暝(míng)：日落，天色将晚。

(2)空山：空旷，空寂的山野。新：刚刚。

(3)清泉石上流：写的正是雨后的景色。

(4)竹喧：竹林中笑语喧哗。喧：喧哗，这里指竹叶发出沙沙声响。浣(huàn)女：洗衣服的姑娘。浣：洗涤衣物。

(5)随意：任凭。春芳：春天的花草。歇：消散，消失。

(6)王孙：原指贵族子弟，后来也泛指隐居的人。留：居。此句反用淮南小山《招隐士》“王孙兮归来，山中兮不可久留”的意思，王孙实亦自指。反映出无可无不可的襟怀。

## 鹿　柴(1)

### 王　维

空山不见人，但闻人语响(2)。
返景入深林(3)，复照青苔上(4)。

【说明】

这首诗是王维后期山水诗的代表作《辋川集》中的一首。诗中描绘鹿柴附近的空山深林在夕阳返照下的幽静景色，“但闻人语响”更是静中而有动，似随手拈来，独具匠心。

【注释】

(1)鹿柴(zhài)：王维辋川别墅之一（在今陕西省蓝田县西南）。柴：通“寨”“砦”，用树木围成的栅栏。

(2)但：只。

(3)返景(yǐng)：同“返影”，太阳将落时通过云彩反射的阳光。

(4)复：又。

## 送元二使安西[1]

王　维

渭城朝雨浥轻尘[2]，客舍青青柳色新[3]。
劝君更尽一杯酒[4]，西出阳关无故人[5]

【说明】

此诗是诗人送朋友去西北边疆时作的诗，诗题又名“赠别”，后有乐人谱曲，名为“阳关三叠”，又名“渭城曲”。安西，是唐中央政府为统辖西域地区而设的安西都护府的简称，治所在龟兹城（今新疆库车）。这位姓元的友人是奉朝廷的使命前往安西的。

【注释】

（1）渭城：在今陕西省西安市西北，渭水北岸。即秦代咸阳古城。

（2）朝雨：早晨下的雨。浥（yì）：润湿。

（3）客舍：驿馆，旅馆。柳色：柳树象征离别。

（4）更尽：再喝干，再喝完。

（5）阳关：在今甘肃省敦煌西南，为古代通西域的要道。故人：老朋友。

## 九月九日忆山东兄弟[1]

王　维

独在异乡为异客[2]，每逢佳节倍思亲[3]。
遥知兄弟登高处[4]，遍插茱萸少一人[5]。

【说明】

这首诗是诗人十七岁时的作品，此诗写出了游子的思乡怀亲之情。其中“每逢佳节倍思亲”更是千古名句。

【注释】

（1）九月九日：即重阳节。古以九为阳数，故曰重阳。忆：想念。山东：王维迁居于蒲县（今山西永济市），在函谷关与华山以东，所以称山东。

(2)异乡:他乡、外乡。为异客:作他乡的客人。

(3)佳节:美好的节日。

(4)登高:古有重阳节登高的风俗。

(5)茱萸(zhūyú):一种香草,即草决明。古时人们认为重阳节插戴茱萸可以避灾克邪。

# 使至塞上(1)

## 王　维

单车欲问边(2),属国过居延(3)。
征蓬出汉塞(4),归雁入胡天(5)。
大漠孤烟直(6),长河落日圆(7)。
萧关逢候骑(8),都护在燕然(9)。

**【说明】**

唐玄宗开元二十四年(736)吐蕃发兵攻打唐属国小勃律(在今克什米尔北)。开元二十五年(737)春,河西节度副大使崔希逸在青涤西大破吐蕃军。唐玄宗命王维以监察御史的身份奉使凉州,出塞宣慰,察访军情,并任河西节度使判官,实际上是将王维排挤出朝廷。这首诗即作于此次出塞途中。“大漠孤烟直,长河落日圆”为千古传诵名句。

**【注释】**

(1)使至塞上:奉命出使边塞。使:出使。

(2)单车:一辆车,车辆少,这里形容轻车简从。问边:到边塞去看望,指慰问守卫边疆的官兵。

(3)属国:有几种解释,一指少数民族附属于汉族朝廷而存其国号者。汉、唐两朝均有一些属国。二指官名,秦汉时有一种官职名为典属国,苏武归汉后即授典属国官职。属国,即典属国的简称,汉代称负责外交事务的官员为典属国,唐人有时以“属国”代称出使边陲的使臣,这里诗人用来指自己使者的身份。居延:地名,汉代称居延泽,唐代称居延海,在今内蒙古额济纳旗北境。又西汉张掖郡有居延县(参见《汉书·地理志》),故城在今额济纳旗东南。又东汉凉州刺史部有张掖居延属国,辖境在居延泽一带。此句一般注本均言王维路过居延。然而王维此次出使，实际上无须经过居延。因而林庚、冯沅君主编的《中国历代诗歌选》认为此句是写唐王朝“边塞的辽阔，附属国直到居延以外”。

(4)征蓬：随风远飞的枯蓬，此处为诗人自喻。

(5)归雁：雁是候鸟，春天北飞，秋天南行，这里是指大雁北飞。胡天：胡人的领地。这里是指唐军占领的北方。

(6)大漠：大沙漠，此处大约是指凉州之北的沙漠。孤烟：赵殿成注有二解：一云古代边防报警时燃狼粪，“其烟直而聚，虽风吹之不散”。二云塞外多旋风，“袅烟沙而直上”。据后人有到甘肃、新疆实地考察者证实，确有旋风如“孤烟直上”。又：孤烟也可能是唐代边防使用的平安火。《通典》卷二一八云：“及暮，平安火不至。”胡三省注：“《六典》：唐镇戍烽候所至，大率相去三十里，每日初夜，放烟一炬，谓之平安火。”

(7)长河：即黄河；一说指流经凉州(今甘肃武威)以北沙漠的一条内陆河，这条河在唐代叫马成河，疑即今石羊河。

(8)萧关：古关名，又名陇山关，故址在今宁夏固原东南。候骑：负责侦察、通讯的骑兵。王维出使河西并不经过萧关，此处大概是用何逊诗“候骑出萧关，追兵赴马邑”之意，非实写。候骑：一作“候吏”。

(9)都护：唐朝在西北边疆置安西、安北等六大都护府，其长官称都护，每府派大都护一人，副都护二人，负责辖区一切事务。这里指前敌统帅。燕然：古山名，即今蒙古国杭爱山。这里代指前线。《后汉书·窦宪传》：宪率军大破单于军，“遂登燕然山，去塞三千余里，刻石勒功，纪汉威德，令班固作铭。”此两句意谓在途中遇到候骑，得知主帅破敌后尚在前线未归。

## 白雪歌送武判官归京(1)

### 岑 参

北风卷地白草折(2)，胡天八月即飞雪(3)。
忽如一夜春风来，千树万树梨花开(4)。
散入珠帘湿罗幕(5)，狐裘不暖锦衾薄(6)。
将军角弓不得控(7)，都护铁衣冷难着(8)。

瀚海阑干百丈冰[9]，愁云惨淡万里凝[10]。
中军置酒饮归客[11]，胡琴琵琶与羌笛[12]。
纷纷暮雪下辕门[13]，风掣红旗冻不翻[14]。
轮台东门送君去[15]，去时雪满天山路[16]。
山回路转不见君[17]，雪上空留马行处。

**【说明】**

岑参(约715—770)，唐代边塞诗人，南阳人，曾官嘉州刺史(今四川乐山)，世称“岑嘉州”。岑参工诗，长于七言歌行，对边塞风光，军旅生活，以及少数民族的文化风俗有亲切的感受，故其边塞诗尤多佳作。风格与高适相近，后人多并称“高岑”。

此诗描写西域八月飞雪的壮丽景色，抒发塞外送别、雪中送客之情，表现离愁和乡思，却充满奇思异想，并不令人感到伤感。诗中所表现出来的浪漫理想和壮逸情怀，使人觉得塞外风雪变成了可玩味欣赏的春光美景，其中“忽如一夜春风来，千树万树梨花开”已成为千古传诵的名句。

**【注释】**

(1)武判官：名不详，当是封常清幕府中的判官。判官，官职名。唐代节度使等朝廷派出的持节大使，可委任幕僚协助判处公事，称判官，是节度使、观察使一类的僚属。

(2)白草：西北的一种牧草，晒干后变白。

(3)胡天：指塞北的天空。胡，古代汉民族对北方各民族的通称。

(4)梨花：春天开放，花作白色。这里比喻雪花积在树枝上，像梨花开了一样。

(5)珠帘：用珍珠串成或饰有珍珠的帘子。形容帘子的华美。罗幕：用丝织品做成的帐幕。形容帐幕的华美。这句说雪花飞进珠帘，沾湿罗幕。“珠帘”“罗幕”都属于美化的说法。

(6)狐裘：狐皮袍子。锦衾：锦缎做的被子。锦衾薄：丝绸的被子(因为寒冷)都显得单薄了。形容天气很冷。

(7)角弓：两端用兽角装饰的硬弓，一作“雕弓”。不得控：(天太冷而冻得)拉不开(弓)。控：拉开。

(8)都护：镇守边镇的长官此为泛指，与上文的“将军”是互文。铁衣：铠甲。难着：一作“犹着”。着：亦写作“著”。

(9)瀚海：沙漠。这句说大沙漠里到处都结着很厚的冰。阑干：纵横交错的样子。百丈:一作“百尺”,一作“千尺”。

(10)惨淡:昏暗无光。

(11)中军:称主将或指挥部。古时分兵为中、左、右三军,中军为主帅的营帐。饮归客:宴饮归京的人,指武判官。饮,动词,宴饮。

(12)胡琴琵琶与羌笛:胡琴等都是当时西域地区兄弟民族的乐器。这句说在饮酒时奏起了乐曲。羌笛:羌族的管乐器。

(13)辕门:军营的门。古代军队扎营,用车环围,出入处以两车车辕相向竖立,状如门。这里指帅衙署的外门。

(14)风掣:红旗因雪而冻结,风都吹不动了。一言旗被风往一个方向吹,给人以冻住之感。掣:拉,扯。

(15)轮台:唐轮台在今新疆维吾尔自治区米泉县境内,与汉轮台不是同一地方。天山:一名祁连山,横亘新疆东西,长六千余里。

(16)满:铺满。形容词活用为动词。

(17)山回路转:山势回环,道路盘旋曲折。

## 别董大(1)

### 高　适

千里黄云白日曛(2),北风吹雁雪纷纷。
莫愁前路无知己,天下谁人不识君(3)?

**【说明】**

高适(约704—约765),字达夫、仲武,汉族,唐朝渤海郡(今河北景县)人,后迁居宋州宋城(今河南商丘睢阳)。唐代著名的边塞诗人,与岑参并称“高岑”,其诗笔力雄健,气势奔放,诗作中洋溢着盛唐时期所特有的奋发进取、蓬勃向上的时代精神。后人又把高适、岑参、王昌龄、王之涣合称“边塞四诗人”。

这首诗是高适与董大久别重逢,经过短暂的聚会以后,又各奔他方的赠别之作。作品勾勒了送别时晦暗寒冷的愁人景色,表现了作者当时处在困顿不达的境遇之中,却没有因此沮丧、沉沦,既表露出作者对友人远行的依依惜别之情,也展现出作者豪迈豁达的胸襟。

【注释】

(1)董大:指董庭兰,是当时有名的音乐家,在其兄弟中排名第一,故称“董大”。

(2)黄云:天上的乌云,在阳光下,乌云是暗黄色,所以叫黄云。白日曛(xūn):太阳黯淡无光。曛,即曛黄,指夕阳西沉时的昏黄景色。

(3)谁人:哪个人。君:你,这里指董大。

## 梦游天姥吟留别(1)

### 李　白

海客谈瀛洲,烟涛微茫信难求(2)。
越人语天姥(3),云霞明灭或可睹(4)。
天姥连天向天横(5),势拔五岳掩赤城(6)。
天台四万八千丈(7),对此欲倒东南倾(8)。
我欲因之梦吴越(9),一夜飞度镜湖月(10)。
湖月照我影,送我至剡溪(11)。
谢公宿处今尚在(12),渌水荡漾清猿啼(13)。
脚著谢公屐(14),身登青云梯(15)。
半壁见海日(16),空中闻天鸡(17)。
千岩万转路不定,迷花倚石忽已暝(18)。
熊咆龙吟殷岩泉(19),栗深林兮惊层巅(20)。
云青青兮欲雨(21),水澹澹兮生烟(22)。
列缺霹雳(23),丘峦崩摧。
洞天石扉(24),訇然中开(25)。
青冥浩荡不见底(26),日月照耀金银台(27)。
霓为衣兮风为马(28),云之君兮纷纷而来下(29)。
虎鼓瑟兮鸾回车(30),仙之人兮列如麻。
忽魂悸以魄动(31),恍惊起而长嗟(32)。

惟觉时之枕席[33]，失向来之烟霞[34]。
世间行乐亦如此，古来万事东流水[35]。
别君去兮何时还？
且放白鹿青崖间[36]，须行即骑访名山[37]。
安能摧眉折腰事权贵[38]，使我不得开心颜！

**【说明】**

李白(701—762)，字太白，号青莲居士。是屈原之后最具个性特色、最伟大的浪漫主义诗人。有"诗仙"之美誉，与杜甫并称"李杜"。其诗以抒情为主，表现出蔑视权贵的傲岸精神，对人民疾苦表示同情，又善于描绘自然景色，表达对祖国山河的热爱。诗风雄奇豪放，想象丰富，语言流转自然，音律和谐多变，善于从民间文艺和神话传说中吸取营养和素材，构成其特有的瑰丽绚烂的色彩，达到盛唐诗歌艺术的巅峰。存世诗文千余篇，有《李太白集》。

这是一首古体诗。此诗是记梦诗，也是游仙诗。诗以记梦为由，抒写了对光明、自由的渴求，对黑暗现实的不满，表现了蔑视权贵、不卑不屈的叛逆精神。

**【注释】**

(1)天姥山：在浙江新昌东面。传说登山的人能听到仙人天姥唱歌的声音，山因此得名。

(2)瀛洲：古代传说中的东海三座仙山之一(另两座叫蓬莱和方丈)。烟涛：波涛渺茫，远看像烟雾笼罩的样子。微茫：景象模糊不清。信：确实，实在。

(3)越人：指浙江一带的人。

(4)明灭：忽明忽暗。

(5)向天横：直插天空。横，直插。

(6)"势拔"句：山势高过五岳，遮掩了赤城。拔：超出。五岳：指东岳泰山、西岳华山、中岳嵩山、北岳恒山、南岳衡山。赤城：山名，在浙江天台西北。

(7)天台(tāi)：山名，在浙江天台北部。一万八千丈：一作"四万八千丈"。

(8)"对此"句：对着天姥这座山，天台山就好像要倒向它的东南一样。意思是天台山和天姥山相比，显得低多了。

(9)因:依据。之:指代前边越人的话。

(10)镜湖:又名鉴湖,在浙江绍兴南面。

(11)剡(shàn)溪:水名,在浙江嵊州南面。

(12)谢公:指南朝诗人谢灵运。谢灵运喜欢游山。游天姥山时,他曾在剡溪这个地方住宿。

(13)渌(lù):清。清:这里是凄清的意思。

(14)谢公屐(jī):谢灵运穿的那种木屐。《南史·谢灵运传》记载:谢灵运游山,必到幽深高峻的地方;他备有一种特制的木屐,屐底装有活动的齿,上山时去掉前齿,下山时去掉后齿。木屐:以木板作底,上面有带子,形状像拖鞋。

(15)青云梯:指直上云霄的山路。

(16)半壁见海日:上到半山腰就看到从海上升起的太阳。

(17)天鸡:古代传说,东南有桃都山,山上有棵大树叫桃都,树枝绵延三千里,树上栖有天鸡,每当太阳初升,照到这棵树上,天鸡就叫起来,天下的鸡也都跟着它叫。

(18)"迷花"句:迷恋着花,依靠着石,不觉天色已经很晚了。暝(míng):日落,天黑。

(19)"熊咆"句:熊在怒吼,龙在长鸣,岩中的泉水在震响。殷(yǐn):这里用作动词,震响。

(20)"栗深林"句:使深林战栗,使层巅震惊。栗、惊,使动用法。

(21)青青:黑沉沉的。

(22)澹澹:波浪起伏的样子。

(23)列缺:指闪电。

(24)洞天:仙人居住的洞府。扉:门扇。一作"扇"。

(25)訇(hōng)然:形容声音很大。

(26)青冥:指天空。浩荡:广阔远大的样子。

(27)金银台:金银铸成的宫阙,指神仙居住的地方。

(28)风:一作"凤"。

(29)云之君:云里的神仙。

(30)鸾回车:鸾鸟驾着车。鸾,传说中的如凤凰一类的神鸟。回:旋转,运转。

(31)魂悸:心跳。

(32)恍:恍然,猛然。

(33)觉时:醒时。

(34)失向来之烟霞:刚才梦中所见的烟雾云霞消失了。向来:原来。烟霞:指前面所写的仙境。

(35)东流水:像东流的水一样一去不复返。

(36)白鹿:传说神仙或隐士多骑白鹿。青崖:青山。

(37)须:等待。

(38)摧眉折腰:低头弯腰。摧眉:低眉。

## 越中览古(1)

### 李　白

越王勾践破吴归(2),义士还家尽锦衣(3)。

宫女如花满春殿(4),只今惟有鹧鸪飞(5)。

**【说明】**

这是一首怀古之作,所写的历史事件是春秋时期吴越争霸。全诗通过昔时的繁盛和眼前的凄凉的对比,表现人事变化和盛衰无常的主题。

**【注释】**

(1)越中:指会稽,春秋时代越国曾建都于此。故址在今浙江省绍兴市。

(2)勾践破吴:春秋时期吴、越两国争霸。越王勾践于公元前494年,被吴王夫差打败,回到国内,卧薪尝胆,誓报此仇。公元前473年,他果然把吴国灭了。

(3)还家:一作“还乡”。锦衣:华丽的衣服。《史记·项羽本纪》:“富贵不归故乡,如衣锦夜行,谁知之者?”后来演化成“衣锦还乡”一语。

(4)春殿:宫殿。

(5)鹧鸪:鸟名。形似母鸡,头如鹑,胸有白圆点如珍珠,背毛有紫赤浪纹。叫声凄厉,音如“行不得也哥哥”。

# 蜀道难[1]

## 李　白

噫吁嚱[2]，危乎高哉！蜀道之难，难于上青天！

蚕丛及鱼凫[3]，开国何茫然[4]！尔来四万八千岁[5]，不与秦塞通人烟[6]。西当太白有鸟道[7]，可以横绝峨眉巅[8]。地崩山摧壮士死[9]，然后天梯石栈相钩连[10]。

上有六龙回日之高标[11]，下有冲波逆折之回川[12]。黄鹤之飞尚不得过[13]，猿猱欲度愁攀援[14]。青泥何盘盘[15]，百步九折萦岩峦[16]。扪参历井仰胁息[17]，以手抚膺坐长叹[18]。

问君西游何时还[19]？畏途巉岩不可攀[20]。但见悲鸟号古木[21]，雄飞雌从绕林间[22]。又闻子规啼夜月[23]，愁空山。蜀道之难，难于上青天，使人听此凋朱颜[24]。

连峰去天不盈尺[25]，枯松倒挂倚绝壁。飞湍瀑流争喧豗[26]，砯崖转石万壑雷[27]。其险也如此，嗟尔远道之人胡为乎来哉[28]！

剑阁峥嵘而崔嵬[29]，一夫当关，万夫莫开[30]。所守或匪亲[31]，化为狼与豺。朝避猛虎[32]，夕避长蛇；磨牙吮血[33]，杀人如麻。锦城虽云乐[34]，不如早还家。蜀道之难，难于上青天，侧身西望长咨嗟[35]！

**【说明】**

《蜀道难》是李白袭用乐府古题，展开丰富的想象，着力描绘了秦蜀道路上奇丽惊险的山川，并从中透露了对社会的忧虑与关切。李白以变幻莫测的笔法，淋漓尽致地刻画了蜀道之难，艺术地展现了古老蜀道逶迤、峥嵘、高峻、崎岖的面貌，描绘出一幅色彩绚丽的山水画卷。

【注释】

(1)蜀道难:南朝乐府旧题,属《相和歌·瑟调曲》。

(2)噫(yī)吁(xū)嚱(xī):惊叹声,蜀方言,表示惊讶的声音。宋庠《宋景文公笔记》卷上:"蜀人见物惊异,辄曰'噫吁嚱'。"

(3)蚕丛、鱼凫(fú):传说中古蜀国两位国王的名字;难以考证。据西汉扬雄《蜀本王纪》记载:"蜀王之先,名蚕丛、柏灌、鱼凫,蒲泽、开明。……从开明上至蚕丛,积三万四千岁。"

(4)何茫然:何:多么。茫然:完全不知道的样子。指古史传说悠远难详,不知道。

(5)尔来:从那时以来。四万八千岁:极言时间之漫长,夸张而大约言之。

(6)秦塞(sài):秦的关塞,指秦地。秦地四周有山川险阻,故称"四塞之地"。通人烟:人员往来。

(7)西当:在西边的。当:在。太白:太白山,又名太乙山,在长安西(今陕西眉县、太白县一带)。鸟道:指连绵高山间的低缺处,只有鸟能飞过,人迹所不能至。

(8)横绝:横越。峨眉巅(diān):峨眉顶峰。苏教版语文课本为"峨眉颠"。

(9)地崩山摧壮士死:《华阳国志·蜀志》:相传秦惠王想征服蜀国,知道蜀王好色,答应送给他五个美女。蜀王派五位壮士去接人。回到梓潼(今四川剑阁之南)的时候,看见一条大蛇进入穴中,一位壮士抓住了它的尾巴,其余四人也来相助,用力往外拽。不多时,山崩地裂,壮士和美女都被压死。山分为五岭,入蜀之路遂通。这便是有名的"五丁开山"的故事。摧:倒塌。

(10)天梯:非常陡峭的山路。石栈(zhàn):栈道。

(11)六龙回日:《淮南子》注云:"日乘车,驾以六龙。羲和御之。日至此面而薄于虞渊,羲和至此而回六螭。"意思就是传说中的羲和驾驶着六龙之车(即太阳)到此处便迫近虞渊(传说中的日落处)。高标:指蜀山中可作一方之标识的最高峰。

(12)冲波:水流冲击腾起的波浪,这里指激流。逆折:水流回旋。回川:有漩涡的河流。

(13)黄鹤:即黄鹄(hú),善飞的大鸟。尚:尚且。得:能。

(14)猿猱(náo):蜀山中最善攀缘的猴类。

(15)青泥:青泥岭,在今甘肃徽县南,陕西略阳县北。《元和郡县志》卷二十二:“青泥岭,在县西北五十三里,接溪山东,即今通路也。悬崖万仞,山多云雨,行者屡逢泥淖,故号青泥岭。”盘盘:曲折回旋的样子。

(16)百步九折:百步之内拐九道弯。萦(yíng):盘绕。岩峦:山峰。

(17)扪(mén)参(shēn)历井:参、井是二星宿名。古人把天上的星宿分别指配于地上的州国,叫作“分野”,以便通过观察天象来占卜地上所配州国的吉凶。参星为蜀之分野,井星为秦之分野。扪:用手摸。历:经过。胁息:屏气不敢呼吸。

(18)膺(yīng):胸。坐:徒,空。

(19)君:入蜀的友人。

(20)畏途:可怕的路途。巉(chán)岩:险恶陡峭的山壁。

(21)但见:只听见。号(háo)古木:在古树木中大声啼鸣。

(22)从:跟随。

(23)“又闻”二句:一本断为“又闻子规啼,夜月愁空山”。子规:杜鹃鸟,蜀地最多,鸣声悲哀,若云“不如归去”。《蜀记》曰:“昔有人姓杜名宇,王蜀,号曰望帝。宇死,俗说杜宇化为子规。子规,鸟名也。蜀人闻子规鸣,皆曰望帝也。”

(24)凋朱颜:红颜带忧色,如花凋谢。凋,使动用法,使……凋谢,这里指脸色由红润变成铁青。

(25)去:距离。盈:满。

(26)飞湍(tuān):飞奔而下的急流。喧豗(huī):喧闹声,这里指急流和瀑布发出的巨大响声。

(27)砯(pīng)崖:水撞石之声。砯:水冲击石壁发出的响声,这里作动词用,冲击的意思。转:使滚动。壑(hè):山谷。

(28)嗟(jiē):感叹声。尔:你。胡为:为什么。来:指入蜀。

(29)剑阁:又名剑门关,在四川剑阁县北,是大、小剑山之间的一条栈道,长三十余里。峥嵘、崔(cuī wéi)嵬:都是形容山势高大雄峻的样子。

(30)“一夫”两句:《文选》卷四左思《蜀都赋》:“一人守隘,万夫莫向”。《文选》卷五十六张载《剑阁铭》:“一人荷戟,万夫趑趄。形胜之地,匪亲勿居。”一夫,一人。当关,守关。莫开,不能打开。

(31)所守:指把守关口的人。或匪(fěi)亲:倘若不是可信赖的人。匪:同“非”。

(32)朝(zhāo):早上。

(33)吮(shǔn)血(xuè):吸血。

(34)锦城:成都古代以产棉闻名,朝廷曾经设官于此,专收棉织品,故称锦城或锦官城。《元和郡县志》卷三十一剑南道成都府成都县:"锦城在县南十里,故锦官城也。"今四川成都市。

(35)咨(zī)嗟:叹息。

## 静夜思[1]

### 李　白

床前明月光[2],疑是地上霜[3]。

举头望明月[4],低头思故乡。

**【说明】**

这是诗人因旅居在外所作的一首思乡的五言古诗。此诗描写了秋日夜晚,诗人抬头望月的所感。诗中运用比喻、衬托等手法,表达客居思乡之情,语言清新朴素而韵味无穷,历来广为传诵。

**【注释】**

(1)静夜思:安静的夜晚产生的思绪。

(2)床:此诗中的"床"字,是争论和异议的焦点。今传五种说法。①指井台。②指井栏。从考古发现来看,中国最早的水井是木结构水井。古代井栏有数米高,成方框形围住井口,防止人跌入井内,这方框形既像四堵墙,又像古代的床。因此古代井栏又叫银床,说明井和床有关系,其关系的发生则是由于两者在形状上的相似和功能上的类同。③"窗"的通假字。从意义上讲,"床"可能与"窗"通假,而且在窗户前面是可能看到月亮的。但是,参照宋代版本,"举头望山月",便可证实作者所言乃是室外的月亮。从时间上讲,宋代版本比明代版本在对作者原意的忠诚度上,更加可靠。④取本义,即坐卧的器具,《诗经·小雅·斯干》有"载寝之牀",《易·剥牀·王椟注》亦有"在下而安者也"之说,讲得即是卧具。⑤马未都等认为,床应解释为胡床。胡床,亦称"交床""交椅""绳床"。古时一种可以折叠的轻便坐具,马扎功能类似小板凳,但人所坐的面非木板,而是可卷折的布或类似物,两边腿可合起来。现代人常为古代文献中或诗词中的"胡床"或"床"所误。至迟在唐时,"床"仍然是"胡床"(即马扎,一种坐具)。

(3)疑:好像。

(4)举头:抬头。

# 古朗月行[1]

## 李　白

小时不识月,呼作白玉盘[2]。
又疑瑶台镜[3],飞在青云端。
仙人垂两足[4],桂树何团团[5]。
白兔捣药成,问言与谁餐[6]?
蟾蜍蚀圆影[7],大明夜已残[8]。
羿昔落九乌[9],天人清且安[10]。
阴精此沦惑[11],去去不足观[12]。
忧来其如何?凄怆摧心肝[13]。

**【说明】**

此诗开头写孩提时代对月亮稚气的认识,写出了月亮初升时逐渐明朗和宛若仙境般的景致,接着写月亮渐渐地由圆而蚀,继而淹没,最后表达为月亮的淹没而心中感到忧愤不平。诗人运用浪漫主义的创作方法,通过丰富的想象,神话传说的巧妙加工,以及强烈的抒情,构成瑰丽神奇而含意深蕴的艺术形象。全诗文辞如行云流水,富有魅力,发人深思,体现出李白诗歌雄奇奔放、清新俊逸的风格。

**【注释】**

(1)朗月行:乐府旧题。《乐府诗集》卷六五收录此题,列于《杂曲歌辞》。

(2)呼作:称为。白玉盘:白玉做的盘子。

(3)疑:怀疑。瑶台:传说中神仙居住的地方。《穆天子传》卷三:"天子宾于西王母,天子觞西王母于瑶池之上。西王母为天子谣曰:'白云在天,山陵自出。道里悠远,山川间之。将子无死,尚能复来。'天子答之曰:'予归东土,和治诸夏。万民平均,吾顾见汝。比及三年,将复而野。'"《武帝内传》称王母为"玄都阿母"。

(4)仙人:传说驾月的车夫,叫望舒,又名纤阿。

(5)何:一作"作"。团团:圆圆的样子。一作"团圆"。

(6)"白兔"二句:白兔老是忙着捣药,究竟是给谁吃呢?言外有批评长生不老药之意。问言:问。言:语助词,无实意。与谁:一作"谁与"。

(7)蟾蜍:俗称癞蛤蟆。《五经通义》:"月中有兔与蟾蜍。"传说月中有三条腿的蟾蜍,因此古诗文常以"蟾蜍"指代月亮。但此诗中蟾蜍似另有所指。圆影:指月亮。

(8)大明:指月亮。

(9)羿(yì):中国古代神话中射落九个太阳的英雄。《淮南子·本经训》记载:尧时十日并出,草木皆枯。尧命羿仰射十日,中其九。下面的"乌"即日。《五经通义》:"日中有三足乌。"所以日又叫阳乌。

(10)天人:天上人间。

(11)阴精:《史记·天官书》:"月者,天地之阴,金之精也。"阴精也指月。沦惑:沉沦迷惑。

(12)去去:远去,越去越远。为决绝之辞。

(13)凄怆:伤心之意。

# 望庐山瀑布

## 李 白

日照香炉生紫烟(1),遥看瀑布挂前川。

飞流直下三千尺(2),疑是银河落九天(3)。

**【说明】**

诗人李白《望庐山瀑布》共创作的两首诗,一为五言古诗,一为七言绝句。此首诗为七言绝句。这首诗,紧扣题目中的"望"字,以庐山的香炉峰入笔描写庐山瀑布之景,用"挂"字突出瀑布如珠帘垂空,以高度夸张的艺术手法,把瀑布勾画得传神入化,将飞流直泻的瀑布描写得雄伟奇丽,气象万千,宛如一幅生动的山水画。

**【注释】**

(1)"日照"二句:一作"庐山上与星斗连,日照香炉生紫烟"。香炉:指香炉峰。紫烟:指日光透过云雾,远望如紫色的烟云。孟浩然《彭蠡湖中望庐山》:"香炉初上日,瀑布喷成虹。"遥看:从远处看。挂:悬挂。前川:一作

“长川”。川:河流,这里指瀑布。

(2)直:笔直。三千尺:形容山高。这里是夸张的说法,不是实指。

(3)疑:怀疑。银河:古人指银河系构成的带状星群。九天:极言天高。古人认为天有九重,九天是天的最高层,九重天,即天空最高处。一作“半天”。此句极言瀑布落差之大。

## 赠汪伦(1)

### 李　白

李白乘舟将欲行(2),忽闻岸上踏歌声(3)。
桃花潭水深千尺(4),不及汪伦送我情(5)。

**【说明】**

这首诗是诗人于泾县(今安徽皖南地区)游历桃花潭时写给当地好友汪伦的一首留别诗。诗人用清新自然的语言,奇特丰富的想象,生动形象地表达了与友人之间的那份真挚深厚的情谊。

**【注释】**

(1)汪伦:李白的朋友。

(2)将欲行:敦煌写本《唐人选唐诗》作“欲远行”。

(3)踏歌:唐代民间流行的一种手拉手、两足踏地为节拍的歌舞形式,可以边走边唱。

(4)桃花潭:在今安徽泾县西南一百里。《一统志》谓其深不可测。深千尺:诗人用潭水深千尺比喻汪伦与他的友情,运用了夸张的手法。

(5)不及:不如。

## 独坐敬亭山(1)

### 李　白

众鸟高飞尽(2),孤云独去闲(3)。
相看两不厌(4),只有敬亭山。

【说明】

这首是诗人表现自己精神世界的佳作。此诗表面是写独游敬亭山的情趣，而其深含之意则是诗人生命历程中旷世的孤独感。诗人以奇特的想象力和巧妙的构思，赋予山水景物以生命，将敬亭山拟人化，写得十分生动。诗人写的是自己的孤独和怀才不遇，在大自然中寻求安慰和寄托。

【注释】

(1)敬亭山：在今安徽宣城市北。《元和郡县志》记载："在宣城县北十里。山有万松亭、虎窥泉。"《江南通志》卷一六宁国府："敬亭山在府城北十里。府志云：古名昭亭，东临宛、句二水，南俯城闉，烟市风帆，极目如画。"

(2)尽：没有了。

(3)孤云：陶渊明《咏贫士诗》中有"孤云独无依"的句子。朱谏注："言我独坐之时，鸟飞云散，有若无情而不相亲者。独有敬亭之山，长相看而不相厌也。"独去闲：独去，独自去。闲，形容云彩飘来飘去，悠闲自在的样子。孤单的云彩飘来飘去。

(4)两不厌：指诗人和敬亭山而言。厌：满足。

## 黄鹤楼送孟浩然之广陵(1)

### 李白

故人西辞黄鹤楼(2)，烟花三月下扬州(3)。

孤帆远影碧空尽(4)，唯见长江天际流(5)。

【说明】

这是一首送别诗，寓离情于写景。诗作以绚丽斑驳的烟花春色和浩瀚无边的长江为背景，极尽渲染之能事，绘出了一幅意境开阔、情丝不绝、色彩明快、风流倜傥的送别图。

【注释】

(1)黄鹤楼：中国著名的名胜古迹，故址在今湖北武汉市武昌蛇山的黄鹄矶上，属于长江下游地带，传说三国时期的费祎于此登仙乘黄鹤而去，故称黄鹤楼。原楼已毁，现存楼为 1985 年修葺。孟浩然：李白的朋友。之：往、到达。广陵：即扬州。

(2)故人：老朋友，这里指孟浩然。其年龄比李白大，在诗坛上享有盛名。李白对他很敬佩,彼此感情深厚,因此称之为“故人”。辞:辞别。

(3)烟花:形容柳絮如烟、鲜花似锦的春天景物,指艳丽的春景。下:顺流向下而行。

(4)碧空尽:消失在碧蓝的天际。尽:尽头,消失了。碧空:一作“碧山”。

(5)唯见:只看见。天际流:流向天边。天际:天边,天的尽头。

# 早发白帝城(1)

## 李　白

朝辞白帝彩云间(2),千里江陵一日还(3)。
两岸猿声啼不住(4),轻舟已过万重山(5)。

**【说明】**

这首诗是诗人在流放途中遇赦返回时所创作的一首七言绝句,此诗意在描摹自白帝至江陵一段长江,水急流速,舟行若飞的情况,表达了诗人遇赦后的欢快心情,是诗人诗作中流传最广的名篇之一。

**【注释】**

(1)发:启程。白帝城:故址在今重庆市奉节县白帝山上。杨齐贤注:“白帝城,公孙述所筑。初,公孙述至鱼复,有白龙出井中,自以承汉土运,故称白帝,改鱼复为白帝城。”王琦注:“白帝城,在夔州奉节县,与巫山相近。所谓彩云,正指巫山之云也。”

(2)朝:早晨。辞:告别。彩云间:因白帝城在白帝山上,地势高耸,从山下江中仰望,仿佛耸入云间。白帝:今重庆市奉节县东白帝山,山上有白帝城,位于长江上游。

(3)江陵:今湖北省荆州市。从白帝城到江陵约一千二百里,其间包括七百里三峡。郦道元《三峡》:“自三峡七百里中,两岸连山,略无阙处。重岩叠嶂,隐天蔽日,自非亭午时分,不见曦月。至于夏水襄陵,沿溯(或泝)阻绝。或王命急宣,有时朝发白帝,暮到江陵,其间千二百时里,虽乘奔御风,不以疾也。春冬之时,则素湍绿潭,回清倒影。绝巘(或𪩘)多生怪柏,悬泉瀑布,飞漱其间。清荣峻茂,良多趣味。每至晴初霜旦,林寒涧肃,常有高猿长啸,属引凄异。空谷传响,哀啭久绝。故渔者歌曰:‘巴东三峡巫峡长,猿鸣三声泪沾裳。’”一日还:一天就可以到达。还:归,返回。

(4)猿:猿猴。啼:鸣、叫。住:停息。一作“尽”。

(5)轻舟已过:一作“须臾过却”。万重山:层层叠叠的山,形容有许多。

## 秋浦歌[1]

### 李　白

白发三千丈,缘愁似个长[2]。
不知明镜里,何处得秋霜[3]。

【说明】

这首诗是李白客居秋浦(在今安徽贵池区西南的水乡地区)时所写。他这时已经临近晚年,有感于自己的日益衰老而写下此诗。此诗描写暮年悲白发,用笔流畅,如行云流水。诗中一夸张,一比喻,生动形象,给人以极深的印象。一个白发苍苍的老者孤独地坐在明镜前,木然看着自己满头白发的情景宛如就在眼前,运用夸张、比喻的手法,写得十分生动传神。

【注释】

(1)秋浦:唐时属池州郡。故址在今安徽省池州市贵池区西。

(2)个:如此,这般。

(3)秋霜:形容头发白如秋霜。

## 望天门山[1]

### 李　白

天门中断楚江开[2],碧水东流至此回[3]。
两岸青山相对出[4],孤帆一片日边来[5]。

【说明】

这首诗是诗人于开元十三年(725)赴江东途中行至天门山时所创作的一首七绝。此诗描写了诗人舟行江中顺流而下远望天门山的情景。

【注释】

(1)天门山:位于今安徽省当涂市西南长江两岸,东为东梁山(又称博望山)，西为西梁山(又称梁山)。两山隔江对峙，形同天设的门户，天门由此得名。《江南通志》记云："两山石状晓岩，东西相向，横夹大江，对峙如门。俗呼梁山曰西梁山，呼博望山曰东梁山，总谓之天门山。"

(2)中断：江水从中间隔断两山。楚江：长江流经旧楚地的一段，当涂在战国时期属楚国，故流经此地的长江称楚江。开：劈开，断开。

(3)至此：意为东流的江水在这转向北流。一作"直北"，一作"至北"。回：回旋，回转。指这一段江水由于地势险峻方向有所改变，并更加汹涌。

(4)两岸青山：分别指东梁山和西梁山。出：突出，出现。

(5)日边来：指孤舟从天水相接处的远方驶来，远远望去，仿佛来自日边。

# 闻王昌龄左迁龙标遥有此寄(1)

## 李　白

杨花落尽子规啼(2)，闻道龙标过五溪(3)。
我寄愁心与明月(4)，随风直到夜郎西(5)。

**【说明】**

这首诗是诗人为好友王昌龄贬官而作，以抒发感愤，寄托慰藉，表达对王昌龄怀才不遇的惋惜与同情之意。

**【注释】**

(1)王昌龄：唐代诗人，天宝(唐玄宗年号，742—756)年间被贬为龙标县尉。左迁：贬官，降职。古人尊右卑左，因此把降职称为左迁。龙标：古地名，唐朝置县，属巫洲，治所在今湖南怀化黔阳县。

(2)杨花落尽：一作"扬州花落"。杨花：柳絮。子规：即杜鹃鸟，又称布谷鸟，相传其啼声哀婉凄切，甚至啼血。

(3)龙标：诗中指王昌龄，古人常用官职或任官之地的州县名来称呼一个人。五溪：一说是雄溪、满溪、潕溪、酉溪、辰溪的总称，在今贵州东部湖南西部。关于五溪所指，尚有争议。

(4)与：给。

(5)随风：一作"随君"。夜郎：汉代中国西南地区少数民族曾在今贵州西部、北部和云南东北部及四川南部部分地区建立过政权，称为夜郎。唐代在今贵州桐梓和湖南沅陵等地设过夜郎县。这里指湖南的夜郎，李白当时在东南，所以说“随风直到夜郎西”。

# 渡荆门送别(1)

## 李 白

渡远荆门外(2)，来从楚国游(3)。
山随平野尽(4)，江入大荒流(5)。
月下飞天镜(6)，云生结海楼(7)。
仍怜故乡水(8)，万里送行舟(9)。

**【说明】**

这首诗写于诗人青年时期出蜀漫游的途中。此诗由写远游点题始，继写沿途见闻和观感，后以思念作结。全诗意境高远，风格雄健，形象奇伟，想象瑰丽，以其卓越的绘景取胜，景象雄浑壮阔，表现了作者少年远游、倜傥不群的个性及浓浓的思乡之情。

**【注释】**

(1)荆门：山名，位于今湖北省宜都县西北长江南岸，与北岸虎牙三对峙，地势险要，自古即有楚蜀咽喉之称。

(2)远：远自。

(3)楚国：楚地，指湖北一带，春秋时期属楚国。

(4)平野：平坦广阔的原野。

(5)江：长江。大荒：广阔无际的田野。

(6)月下飞天镜：明月映入江水，如同飞下的天镜。下：移下。

(7)海楼：海市蜃楼，这里形容江上云霞的美丽景象。

(8)仍：依然。怜：怜爱。一本作“连”。故乡水：指从四川流来的长江水。因诗人从小生活在四川，把四川称作故乡。

(9)万里：喻行程之远。

# 行路难

## 李 白

金樽清酒斗十千[(1)]，玉盘珍羞直万钱[(2)]。
停杯投箸不能食[(3)]，拔剑四顾心茫然。
欲渡黄河冰塞川，将登太行雪满山。
闲来垂钓碧溪上，忽复乘舟梦日边[(4)]。
行路难！行路难！多岐路，今安在[(5)]？
长风破浪会有时[(6)]，直挂云帆济沧海[(7)]。

**【说明】**

《行路难》原作三首，这首诗是其中一首，作于天宝三年(744)，是诗人遭受谗毁而被排挤出长安时所写。诗中抒写了政治道路上遭遇艰难时，产生的不可抑制的愤激情绪。表现了他对人生前途的乐观豪迈气概，充满了积极浪漫主义的情怀。

**【注释】**

(1)樽(zūn)：古代盛酒的器具，以金为饰。清酒：清醇的美酒。斗十千：一斗值十千钱(即万钱)，形容酒美价高。

(2)珍羞：珍贵的菜肴。羞：同“馐”，美味的食物。直：通“值”，价值。

(3)箸(zhù)：筷子。

(4)“闲来”二句：表示诗人自己对从政仍有所期待。这两句暗用典故：姜太公吕尚曾在渭水的磻溪上钓鱼，得遇周文王，助周灭商；伊尹曾梦见自己乘船从日月旁边经过，后被商汤聘请，助商灭夏。碧：一作“坐”。

(5)“多岐路”二句：岔道这么多，如今身在何处？岐：一作“歧”。安：哪里。

(6)长风破浪：比喻实现政治理想。据《宋书·宗悫传》载：宗悫少年时，叔父宗炳问他的志向，他说：“愿乘长风破万里浪。”

(7)云帆：高高的船帆。船在海里航行，因天水相连，船帆好像出没在云雾之中。

# 宣州谢朓楼饯别校书叔云(1)

## 李　白

弃我去者,昨日之日不可留;
乱我心者,今日之日多烦忧。
长风万里送秋雁(2),对此可以酣高楼(3)。
蓬莱文章建安骨(4),中间小谢又清发(5)。
俱怀逸兴壮思飞(6),欲上青天览明月(7)。
抽刀断水水更流,举杯消愁愁更愁(8)。
人生在世不称意(9),明朝散发弄扁舟(10)。

**【说明】**

这首诗是诗人在宣城(今属安徽)与李云相遇并同登谢朓楼时创作的一首送别诗。此诗共九十二字,并不直言离别,而是重笔抒发诗人自己怀才不遇的激烈愤懑,表达了对社会的强烈不满和对光明世界的执着追求。全诗语言明朗朴素,音调激越高昂,如歌如诉,强烈的思想情感起伏涨落,一波三折。明人评此诗"如天马行空,神龙出海"。

**【注释】**

(1)宣州:今安徽宣城一带。谢朓(tiǎo)楼:又名北楼、谢公楼,在陵阳山上,是南齐诗人谢朓任宣城太守时所建,并改名为叠嶂楼。李白曾多次登临,并且写过一首《秋登宣城谢朓北楼》。饯别:以酒食送行。校(jiào)书:官名,即秘书省校书郎,掌管朝廷的图书整理工作。叔云:李白的叔叔李云。

(2)长风:远风,大风。

(3)此:指上句的长风秋雁的景色。酣(hān):畅饮。高楼:指谢朓楼。

(4)蓬莱文章:借指李云的文章。蓬莱,此指东汉时藏书之东观。《后汉书》卷二三《窦融列传》附窦章传:"是时学者称东观为老氏藏室,道家蓬莱山"。李贤注:"言东观经籍多也。蓬莱,海中神山,为仙府,幽经秘籍并皆在也。"建安骨:指刚健遒劲的诗文风格。汉末建安(汉献帝年号,196—220)年间,"三曹"和"七子"等作家所作之诗风骨遒上,后人称之为"建安风骨"。

(5)小谢:指谢朓,字玄晖,南朝齐诗人。后人将他和谢灵运并称为大谢、小谢。这里用以自喻。清发(fā):指清新秀发的诗风。发:诗文俊逸。

(6)俱怀:两人都怀有。逸兴(xìng):飘逸豪放的兴致,多指山水游兴,超迈的意兴。王勃《滕王阁序》:"遥襟甫畅,逸兴遄飞"。李白《送贺宾客归越》:"镜湖流水漾清波,狂客归舟逸兴多。"壮思飞:卢思道《卢记室诔》:"丽词泉涌,壮思云飞。"壮思:雄心壮志,豪壮的意思。

(7)览:通"揽",摘取。一本作"揽"。

(8)销:一本作"消"。更:一本作"复"。

(9)称(chèn)意:称心如意。

(10)明朝(zhāo):明天。散发(fà):去冠披发,指隐居不仕。这里是形容狂放不羁。古人束发戴冠,散发表示闲适自在。弄扁(piān)舟:乘小舟归隐江湖。扁舟:小舟,小船。春秋末年,范蠡辞别越王勾践,"乘扁舟浮于江湖"(《史记·货殖列传》)。散发弄扁舟:一作"举棹还沧州"。

## 将进酒(1)

### 李　白

君不见,黄河之水天上来(2),奔流到海不复回。
君不见,高堂明镜悲白发,朝如青丝暮成雪(3)。
人生得意须尽欢(4),莫使金樽空对月。
天生我材必有用,千金散尽还复来。
烹羊宰牛且为乐,会须一饮三百杯(5)。
岑夫子,丹丘生(6),将进酒,杯莫停(7)。
与君歌一曲(8),请君为我倾耳听(9)。
钟鼓馔玉不足贵(10),但愿长醉不复醒(11)。
古来圣贤皆寂寞,惟有饮者留其名。
陈王昔时宴平乐,斗酒十千恣欢谑(12)。
主人何为言少钱(13),径须沽取对君酌(14)。
五花马(15),千金裘,呼儿将出换美酒,与尔同销万古愁(16)。

【说明】

《将进酒》是诗人李白沿用乐府古题创作的一首诗。此诗为李白长安放还以后所作,思想内容非常深沉,艺术表现非常成熟,在同题作品中影响最大。诗人豪饮高歌,借酒消愁,抒发了忧愤深广的人生感慨。诗中交织着失望与自信、悲愤与抗争的情怀,体现出强烈的豪纵狂放的个性。全诗情感饱满,无论喜怒哀乐,其奔涌迸发均如江河流泻,不可遏止,且起伏跌宕,变化剧烈;在手法上多用夸张,且往往以巨额数量词进行修饰,既表现出诗人豪迈洒脱的情怀,又使诗作本身显得笔墨酣畅,抒情有力;在结构上大开大阖,充分体现了李白七言歌行的特色。

【注释】

(1)将(qiāng)进酒:请饮酒。乐府古题,原是汉乐府短箫铙歌的曲调。《乐府诗集》卷十六引《古今乐录》曰:"汉鼓吹铙歌十八曲,九曰《将进酒》。"《敦煌诗集残卷》三个手抄本此诗均题作"惜罇空"。《文苑英华》卷三三六题作"惜空罇酒"。将:请。

(2)君不见:乐府诗常用作提醒人语。天上来:黄河发源于青海,因那里地势极高,故称。

(3)高堂:房屋的正室厅堂。一说指父母,不合诗意。一作"床头"。青丝:喻柔软的黑发。一作"青云"。成雪:一作"如雪"。

(4)得意:适意高兴的时候。

(5)会须:正应当。

(6)岑夫子:岑勋。丹丘生:元丹丘。二人均为李白的好友。

(7)杯莫停:一作"君莫停"。

(8)与君:给你们,为你们。君:指岑、元二人。

(9)倾耳听:一作"侧耳听"。

(10)钟鼓:富贵人家宴会中奏乐使用的乐器。馔(zhuàn)玉:形容食物如玉一样精美。

(11)不复醒:也有版本为"不用醒"或"不愿醒"。

(12)陈王:指陈思王曹植。平乐(lè):观名。在洛阳西门外,为汉代富豪显贵的娱乐场所。恣:纵情任意。谑(xuè):戏。

(13)言少钱:一作"言钱少"。

(14)径须:干脆,只管。沽:通"酤",买。

(15)五花马:指名贵的马。一说毛色作五花纹,一说颈上长毛修剪成五瓣。

(16)尔:你。

## 次北固山下[1]

### 王　湾

客路青山外[2],行舟绿水前。
潮平两岸阔[3],风正一帆悬[4]。
海日生残夜[5],江春入旧年[6]。
乡书何处达[7]?归雁洛阳边[8]。

**【说明】**

王湾,唐代诗人,生卒年、字号均不详。洛阳(今属河南)人。先天(唐玄宗年号,712—713)进士,官洛阳尉,曾往来于吴、楚间。《全唐诗》存其诗十首。

这首诗以准确精练的语言描写了冬末春初时北固山下青山绿水、潮平岸阔的壮丽之景,抒发了深深的思乡之情。

**【注释】**

(1)次:旅途中暂时停宿,这里是停泊的意思。北固山:在今江苏镇江北,三面临水,倚长江而立。

(2)客路:行客前进的路。青山:指北固山。

(3)潮平两岸阔:潮水涨满时,两岸之间水面宽阔。

(4)风正一帆悬:顺风行船,风帆垂直悬挂。风正;风顺。悬:挂。

(5)海日:海上的旭日。生:升起。残夜:夜将尽之时。

(6)入:到。

(7)乡书:家信。

(8)归雁:北归的大雁。大雁每年秋天飞往南方,春天飞往北方。古代有用大雁传递书信的传说。

# 黄鹤楼(1)

## 崔 颢

昔人已乘黄鹤去(2),此地空余黄鹤楼。
黄鹤一去不复返,白云千载空悠悠(3)。
晴川历历汉阳树(4),芳草萋萋鹦鹉洲(5)。
日暮乡关何处是(6)?烟波江上使人愁(7)。

**【说明】**

崔颢(704—754),汴州(今河南开封)人,唐代诗人。唐玄宗开元十一年(723)进士,官至太仆寺丞,天宝年间为司勋员外郎。最为人称道的是他这首《黄鹤楼》,据说李白为之搁笔,曾有"眼前有景道不得,崔颢题诗在上头"的赞叹。

这首七言律诗描写了在黄鹤楼上远眺的美好景色,前四句写登临怀古,后四句写站在黄鹤楼上的所见所思。信手而就,一气呵成,是一首吊古怀乡之佳作。

**【注释】**

(1)黄鹤楼:三国吴黄武二年修建。为古代名楼,旧址在湖北武昌黄鹤矶上,俯见大江,面对大江彼岸的龟山。

(2)昔人:传说古代有一位名叫费祎的仙人,在此乘鹤登仙。

(3)悠悠:飘荡的样子。

(4)晴川:阳光照耀下的晴明江面。川:平原。历历:清楚可数。汉阳:地名,在黄鹤楼之西,汉水北岸。

(5)萋萋:形容草木茂盛。鹦鹉洲:在湖北省武昌县西南,根据后汉书记载,汉黄祖担任江夏太守时,在此大宴宾客,有人献上鹦鹉,故称鹦鹉洲。

(6)乡关:故乡家园。

(7)烟波:暮霭沉沉的江面。

# 望　岳

## 杜　甫

岱宗夫如何(1)？齐鲁青未了(2)。
造化钟神秀(3)，阴阳割昏晓(4)。
荡胸生层云(5)，决眦入归鸟(6)。
会当凌绝顶(7)，一览众山小(8)。

**【说明】**

杜甫(712—770)，字子美，自号少陵野老。汉族，祖籍襄阳，河南巩县(今河南巩义)人。唐代伟大的现实主义诗人，与李白合称“李杜”。为了与另两位诗人李商隐与杜牧即“小李杜”区别，杜甫与李白又合称“大李杜”，杜甫也常被称为“老杜”。杜甫在中国古典诗歌中的影响非常深远，被后人称为“诗圣”，他的诗被称为“诗史”。

这首诗是诗人于唐玄宗开元二十三年(735)，到洛阳应进士，结果落第而归，开元二十四年(736)，二十四岁的诗人开始漫游齐、赵(今河南、河北、山东等地)，这首诗就是在漫游途中所作。

**【注释】**

(1)岱宗：泰山亦名岱山或岱岳，五岳之首，在今山东省泰安市城北。古代以泰山为五岳之首，诸山所宗，故又称“岱宗”。历代帝王凡举行封禅大典，皆在此山，这里指对泰山的尊称。夫：读“fú”。句首发语词，无实在意义，语气词，强调疑问语气。如何：怎么样。

(2)齐、鲁：古代齐鲁两国以泰山为界，齐国在泰山北，鲁国在泰山南。原是春秋战国时代的两个国名，在今山东境内，后用齐鲁代指山东地区。青未了：指郁郁苍苍的山色无边无际，浩茫浑涵，难以尽言。青：指苍翠、翠绿的美好山色。未了：不尽，不断。

(3)造化：大自然。钟：聚集。神秀：天地之灵气，神奇秀美。

(4)阴阳：阴指山的北面，阳指山的南面。这里指泰山的南北。割：分。夸张的说法。此句是说泰山很高，在同一时间，山南山北判若早晨和晚上。昏晓：黄昏和早晨。极言泰山之高，山南山北因之判若清晓与黄昏，明暗迥然不同。

(5)荡胸:心胸摇荡。

(6)决:裂开。眦:眼角。眼角(几乎)要裂开。这是由于极力张大眼睛远望归鸟入山所致。入:收入眼底,即看到。

(7)会当:终当,定要。凌:登上。凌绝顶:即登上最高峰。

(8)小:形容词的意动用法,意思为“以……为小,认为……小”。

## 登　高(1)

### 杜　甫

风急天高猿啸哀(2),渚清沙白鸟飞回(3)。
无边落木萧萧下(4),不尽长江滚滚来。
万里悲秋常作客(5),百年多病独登台(6)。
艰难苦恨繁霜鬓(7),潦倒新停浊酒杯(8)。

**【说明】**

这首诗是诗人于大历二年(767)秋天在夔州所作。前四句写景,述登高见闻,紧扣秋天的季节特色,描绘了江边空旷寂寥的景致。后四句抒情,写登高所感,围绕作者自己的身世遭遇,抒发了穷困潦倒、年老多病、流寓他乡的悲哀之情。此诗意境开阔,风格沉郁悲壮,被推为“古今七律第一”。

**【注释】**

(1)登高:农历九月九日为重阳节,历来有登高的习俗。

(2)猿啸哀:指长江三峡中猿猴凄厉的叫声。《水经注·江水》引民谣云:“巴东三峡巫峡长,猿鸣三声泪沾裳。”

(3)渚(zhǔ):水中的小洲;水中的小块陆地。鸟飞回:鸟在急风中飞舞盘旋。回:回旋。

(4)落木:指秋天飘落的树叶。萧萧:风吹落叶的声音。

(5)万里:指远离故乡。常作客:长期漂泊他乡。

(6)百年:犹言一生,这里借指晚年。

(7)艰难:兼指国运和自身命运。苦恨:极恨,极其遗憾。苦:极。繁霜鬓:增多了白发,如鬓边着霜雪。繁:这里作动词,增多。

(8)潦倒:衰颓,失意。这里指衰老多病,志不得伸。新停:新近停止。重阳登高,例应喝酒。杜甫晚年因肺病戒酒,所以说“新停”。

# 蜀　相(1)

## 杜　甫

丞相祠堂何处寻(2)?锦官城外柏森森(3)。
映阶碧草自春色,隔叶黄鹂空好音(4)。
三顾频烦天下计(5),两朝开济老臣心(6)。
出师未捷身先死,长使英雄泪满襟(7)。

【说明】

这是诗人定居成都草堂后,翌年游览武侯祠时创作的一首咏史怀古诗。此诗借游览古迹,表达了诗人对蜀汉丞相诸葛亮雄才大略、辅佐两朝、忠心报国的称颂以及对他出师未捷而身死的惋惜之情。

【注释】

(1)蜀相:三国蜀汉丞相,指诸葛亮(孔明)。

(2)丞相祠堂:诸葛武侯祠,在今成都市武侯区,晋李雄初建。

(3)锦官城:成都的别名。柏(bǎi)森森:柏树茂盛繁密的样子。

(4)映阶碧草自春色,隔叶黄鹂空好(hǎo)音:这两句写祠内景物。杜甫极推重诸葛亮,他此来并非为了赏玩美景,“自”“空”二字含情。是说碧草映阶,不过自为春色;黄鹂隔叶,亦不过空作好音,他并无心赏玩、倾听。因为他所景仰的人物已不可得见。空:白白的。

(5)三顾频烦天下计:意思是刘备为统一天下而三顾茅庐,问计于诸葛亮。这是在赞美在对策中所表现的天才预见。频烦:犹“频繁”,多次。

(6)两朝开济:指诸葛亮辅助刘备开创帝业,后又辅佐刘禅。两朝:刘备、刘禅父子两朝。开:开创。济:扶助。

(7)出师未捷身先死,长使英雄泪满襟(jīn):出师还没有取得最后的胜利就先去世了,常使后世的英雄泪满衣襟。指诸葛亮多次出师伐魏,未能取胜,至蜀建兴十二年(234)卒于五丈原(今陕西岐山东南)军中。出师:出兵。此二句《新编大学语文》(暨南大学出版社2010年版)为“壮志未酬身先死,长使英雄泪满襟”。

# 兵车行[1]

## 杜 甫

车辚辚[2]，马萧萧[3]，行人弓箭各在腰[4]。
耶娘妻子走相送[5]，尘埃不见咸阳桥[6]。
牵衣顿足拦道哭，哭声直上干云霄[7]。
道旁过者问行人[8]，行人但云点行频[9]。
或从十五北防河[10]，便至四十西营田[11]。
去时里正与裹头[12]，归来头白还戍边[13]。
边庭流血成海水[14]，武皇开边意未已[15]。
君不闻，汉家山东二百州[16]，千村万落生荆杞[17]。
纵有健妇把锄犁，禾生陇亩无东西[18]。
况复秦兵耐苦战[19]，被驱不异犬与鸡。
长者虽有问[20]，役夫敢申恨[21]？
且如今年冬，未休关西卒[22]。
县官急索租[23]，租税从何出？
信知生男恶[24]，反是生女好。
生女犹得嫁比邻[25]，生男埋没随百草。
君不见，青海头[26]，古来白骨无人收。
新鬼烦冤旧鬼哭[27]，天阴雨湿声啾啾[28]。

【说明】

这首诗是诗人创作的一首叙事诗。全诗以“道旁过者问行人”为界分为两段：首段摹写送别的惨状，是纪事；次段传达征夫的诉苦，是纪言。此诗具有深刻的思想内容，借征夫对老人的答话，倾诉了人民对战争的痛恨，揭露了唐玄宗长期以来的穷兵黩武，连年征战，给人民造成的巨大灾难。全诗寓情于叙事之中，在叙述次序上参差错落、前后呼应，变化开阖井然有序，并巧妙运用过渡句和习用词语，营造了回肠荡气的艺术效果。诗人自创乐府新题写时事，为中唐时期兴起的新乐府运动作出了开创性的贡献。

【注释】

(1)行：本是乐府歌曲中的一种体裁。兵车行：是杜甫自创的乐府新题。

(2)辚(lín)辚：车行走时的声音。

(3)萧萧：马蹄声。

(4)行人：从军出征的人。

(5)耶娘妻子：父亲、母亲、妻子、儿女的并称。从军的人既有十几岁的少年，也有四十多岁的成年人，所以送行的人有出征者的父母，也有妻子和孩子。耶：同“爷”，父亲。

(6)咸阳桥：又叫便桥，汉武帝时建，唐代称咸阳桥，后来称渭桥，在咸阳城西渭水上，是长安西行必经的大桥。

(7)干(gān)：冲。

(8)过者：路过的人。这里指诗人自己。

(9)点行频：点名征兵频繁。点行，按户籍名册强征服役。

(10)或从十五北防河：有的人从十五岁就从军到西北区防河。唐玄宗时，吐蕃常于秋季入侵，抢掠百姓的收获。为抵御侵扰，唐王朝每年征调大批兵力驻扎河西(今甘肃河西走廊)一带，叫“防秋”或“防河”。

(11)营田：即屯田。戍守边疆的士卒，不打仗时须种地以自给，称为营田。

(12)里正与裹头：里正，唐制凡百户为一里，置里正一人管理。与裹头：给他裹头巾。新兵入伍时须着装整，因年纪小，自己还裹不好头巾，所以里正帮他裹头。

(13)戍边：守卫边疆。

(14)边庭流血成海水：边庭，即边疆。血流成海水，形容战死者之多。

(15)武皇开边意未已：武皇扩张领土的意图仍没有停止。武皇：汉武帝，这里借指唐玄宗。唐诗中借武皇代指玄宗。开边：用武力扩张领土。

(16)汉家山东二百州：汉朝秦地以东的二百个州。汉家：汉朝，这里借指唐朝。山东：古代秦居西方，秦地以东(或函谷关以东)统称“山东”。唐代函谷关以东共217州，这里说“二百州”是举其整数。

(17)千村万落生荆杞：成千上万的村落灌木丛生。这里形容村落的荒芜。荆杞：荆棘和枸杞，泛指野生灌木。

(18)禾生陇亩无东西：庄稼长在田地里不成行列。陇亩：田地。陇，同“垄”。无东西：不成行列。

(19)况复秦兵耐苦战:更何况关中兵能经受艰苦的战斗。况复:更何况。秦兵:关中兵,即这次出征的士兵。

(20)长者:对老年人的尊称。这里是说话者对杜甫的称呼。

(21)役夫敢申恨:我怎么敢申诉怨恨呢?役夫:应政府兵役的人,这里是说话者的自称之词。敢:副词,用于反问,这里是"岂敢"的意思。申恨:诉说怨恨。

(22)关西卒:函谷关以西的士兵,即秦兵。

(23)县官:这里指官府。

(24)信知:确实知道。

(25)犹得嫁比邻:还能够嫁给同乡。得:能够。比邻:同乡。

(26)青海头:指今青海省青海湖边。唐和吐蕃的战争,经常在青海湖附近进行。

(27)烦冤:不满、愤懑。

(28)啾(jiū)啾:象声词,形容凄厉的叫声。

# 客　至(1)

## 杜　甫

舍南舍北皆春水(2),但见群鸥日日来(3)。
花径不曾缘客扫(4),蓬门今始为君开(5)。
盘飧市远无兼味(6),樽酒家贫只旧醅(7)。
肯与邻翁相对饮(8),隔篱呼取尽馀杯(9)。

**【说明】**

此诗是上元二年(761)春天,杜甫五十岁时,在成都草堂所作。杜甫在历尽颠沛流离之后,终于结束了长期漂泊的生涯,在成都西郊浣花溪头盖了一座草堂,暂时定居下来。诗人在久经离乱,安居草堂后不久,客人来访时作了这首诗。

**【注释】**

(1)客至:客指崔明府,杜甫在题后自注:"喜崔明府相过"。明府:唐人对县令的称呼。相过:即探望、相访。

(2)舍:指家。

(3)但见:只见。此句意为平时交游很少,只有鸥鸟不嫌弃能与之相亲。

(4)花径:长满花草的小路。

(5)蓬门:用蓬草编成的门户,以示房子的简陋。

(6)市远:离市集远。兼味:多种美味佳肴。无兼味:谦言菜少。

(7)樽:酒器。旧醅:隔年的陈酒。樽酒句:古人好饮新酒,杜甫以家贫无新酒感到歉意。

(8)肯:能否允许,这是向客人征询。

(9)馀杯:余下来的酒。馀:通“余”。

## 咏怀古迹

### 杜 甫

群山万壑赴荆门(1),生长明妃尚有村(2)。
一去紫台连朔漠(3),独留青冢向黄昏。
画图省识春风面(4),环佩空归夜月魂(5)。
千载琵琶作胡语(6),分明怨恨曲中论(7)。

**【说明】**

这首诗是诗人于唐代宗大历元年(766)在夔州(治今重庆奉节)写成的组诗,共有五首,此为其中一首。诗人借咏昭君村、怀念王昭君来抒发自己热爱故土、思念家乡的情感。

**【注释】**

(1)荆门:山名,在今湖北宜都西北。

(2)明妃:指王昭君。

(3)去:离开。紫台:汉宫,紫宫,宫廷。朔漠:北方大沙漠。

(4)省识:略识。一说“省”意为曾经。春风面:形容王昭君的美貌。

(5)环佩:妇女戴的装饰物。佩:通“珮”。

(6)胡语:胡音。

(7)怨恨曲中论(lún):乐曲中诉说着昭君的怨恨。

# 闻官军收河南河北[1]

## 杜 甫

剑外忽传收蓟北[2],初闻涕泪满衣裳[3]。
却看妻子愁何在[4],漫卷诗书喜欲狂[5]。
白日放歌须纵酒[6],青春作伴好还乡[7]。
即从巴峡穿巫峡[8],便下襄阳向洛阳[9]。

【说明】

这首诗作于唐代宗广德元年(763)春天。宝应元年(762)冬季,唐军在洛阳附近的打了一个大胜仗,收复了洛阳和郑(今河南郑州)、汴(今河南开封)等州,叛军头领薛嵩、张忠志等纷纷投降。第二年,史思明的儿子史朝义兵败自缢,其部将田承嗣、李怀仙等相继投降,至此,持续八年之久的"安史之乱"宣告结束。杜甫是一个热爱祖国而又饱经丧乱的诗人,当时正流落在四川,听闻这个大快人心的消息后,欣喜若狂,遂走笔写下这首诗。

【注释】

(1)闻:听说。官军:指唐朝军队。

(2)剑外:剑门关以南,这里指四川。蓟北:泛指唐代幽州、蓟州一带,今河北北部地区,是安史叛军的根据地。

(3)涕(tì):眼泪。

(4)却看:回头看。妻子:妻子和孩子。愁何在:哪还有一点的忧伤?愁已无影无踪。

(5)漫卷(juǎn):胡乱地卷起。喜欲狂:高兴得简直要发狂。这句是说杜甫已经迫不及待地去整理行装准备回家乡去了。

(6)放歌:放声高歌。须:应当。纵酒:开怀痛饮。

(7)青春:指明丽的春天的景色。作伴:与妻儿一同。

(8)巫峡:长江三峡之一,因穿过巫山得名。

(9)便:就的意思。襄阳:今属湖北。洛阳:今属河南,古代城池。

# 绝　句

## 杜　甫

两个黄鹂鸣翠柳(1),一行白鹭上青天(2)。
窗含西岭千秋雪(3),门泊东吴万里船(4)。

【说明】

这首诗是诗人写的《绝句》组诗作品中的其中一首。当时唐朝平定了"安史之乱",好友严武再次镇守蜀地,杜甫也回到成都草堂。心情很是愉悦,面对这一派勃勃生机,情不自禁,写下这首即景小诗。

【注释】

(1)黄鹂:黄莺,鸣声悦耳。

(2)白鹭:鹭鸶,羽毛纯白,能高飞。

(3)窗含:谓由窗往外望西岭,好似嵌在窗框中,故曰窗含。西岭:即成都西南的岷山,其雪常年不化,故云千秋雪。这是想象之词。

(4)东吴:指长江下游的江苏一带。成都水路通长江,故云东吴万里船。

# 赠花卿(1)

## 杜　甫

锦城丝管日纷纷(2),半入江风半入云。
此曲只应天上有(3),人间能得几回闻(4)?

【说明】

这首诗约作于唐上元二年(761)。全诗四句,前两句对乐曲作具体形象的描绘,是实写;后两句以天上的仙乐相夸,是遐想。因实而虚,虚实相生,将乐曲的美妙赞誉到了极致。

【注释】

(1)花卿:成都尹崔光远的部将花敬定,曾平定段子璋之乱。卿,当时对地位、年辈较低的人一种客气的称呼。

(2)锦城:即锦官城,此指成都。丝管:弦乐器和管乐器,这里泛指音乐。纷纷:繁多而杂乱,形容乐曲的轻柔悠扬。

(3)天上:双关语,虚指天宫,实指皇宫。

(4)几回闻:本义是听到几回。文中的意思是说人间很少听到。

## 春夜喜雨

### 杜　甫

好雨知时节(1),当春乃发生(2)。
随风潜入夜(3),润物细无声(4)。
野径云俱黑(5),江船火独明(6)。
晓看红湿处(7),花重锦官城(8)。

**【说明】**

这首诗写于唐肃宗上元二年(761)春。诗人在经过一段时间的流离转徙的生活后,终因陕西旱灾而来到四川成都定居,开始了一段较为安定的生活。作此诗时,他已在成都草堂定居两年。他亲自耕作,种菜养花,与农民交往,春雨之情很深,因而写下了这首描写春夜降雨、润泽万物的美景诗作。

**【注释】**

(1)知:明白,知道。说雨知时节,是一种拟人化的写法。

(2)乃:就。发生:萌发生长。

(3)潜:暗暗地,悄悄地。这里指春雨在夜里悄悄地随风而至。

(4)润物:使植物受到雨水的滋养。

(5)野径:田野间的小路。

(6)“江船”句:意谓连江上的船只都看不见,只能看见江船上的点点灯火,暗示雨意正浓。

(7)晓:天刚亮的时候。红湿处:雨水湿润的花丛。

(8)花重(zhòng):花因为饱含雨水而显得沉重。锦官城:故址在今成都市南,亦称锦城。三国蜀汉时管理织锦之官驻此,故名。后人有用作成都的别称。此句是说露水盈花的美景。

## 江畔独步寻花

### 杜　甫

黄四娘家花满蹊[1]，千朵万朵压枝低。
留连戏蝶时时舞[2]，自在娇莺恰恰啼[3]。

【说明】

这首诗是诗人创作的组诗作品，共七首，此诗是其中一首。全诗脉络清楚，层次井然，是一幅独步寻花图。写出了诗人赏花时的喜悦之情，蕴含春光难留之意。

【注释】

(1)黄四娘：杜甫住成都草堂时的邻居。蹊(xī)：小路。

(2)留连：即留恋，舍不得离去。

(3)娇：可爱的样子。恰恰：象声词，形容鸟叫声音和谐动听。一说"恰恰"为唐时方言，恰好之意。

## 春　望

### 杜　甫

国破山河在[1]，城春草木深[2]。
感时花溅泪[3]，恨别鸟惊心[4]。
烽火连三月[5]，家书抵万金[6]。
白头搔更短[7]，浑欲不胜簪[8]。

【说明】

唐玄宗天宝十四年(755)十一月，安禄山起兵叛唐。次年六月，叛军攻陷潼关，唐玄宗匆忙逃往四川。七月，太子李亨即位于灵武(今属宁夏)，是为唐肃宗，改元至德。杜甫闻讯，随即将家属安顿在鄜州，只身一人投奔肃宗朝廷，结果不幸在途中被叛军俘获，解送至长安，后因官职卑微才未被囚禁。唐肃宗至德二年(756)春,身处沦陷区的杜甫目睹了长安城一片萧条零落的景象,百感交集,写下了这首传诵千古的名作。

【注释】

(1)国:国都,指长安(今陕西西安)。破:陷落。山河在:旧日的山河仍然存在。

(2)城:长安城。草木深:指人烟稀少。

(3)感时:为国家的时局而感伤。溅泪:流泪。

(4)恨别:怅恨离别。

(5)烽火:古时边防报警的烟火,这里指安史之乱的战火。三月:正月、二月、三月。

(6)抵:值,相当。

(7)白头:这里指白头发。搔:用手指轻轻地抓。

(8)浑:简直。欲:想,要,就要。胜:受不住,不能。簪:一种束发的首饰。古代男子蓄长发,成年后束发于头顶,用簪子横插住,以免散开。

## 茅屋为秋风所破歌

### 杜　甫

八月秋高风怒号(1),卷我屋上三重茅(2)。茅飞渡江洒江郊,高者挂罥长林梢(3),下者飘转沉塘坳(4)。

南村群童欺我老无力,忍能对面为盗贼(5)。公然抱茅入竹去(6),唇焦口燥呼不得(7),归来倚杖自叹息。

俄顷风定云墨色(8),秋天漠漠向昏黑(9)。布衾多年冷似铁(10),娇儿恶卧踏里裂(11)。床头屋漏无干处(12),雨脚如麻未断绝(13)。自经丧乱少睡眠(14),长夜沾湿何由彻(15)!

安得广厦千万间(16),大庇天下寒士俱欢颜(17),风雨不动安如山。呜呼(18)!何时眼前突兀见此屋(19),吾庐独破受冻死亦足(20)!

【说明】

这首诗作于761年(唐肃宗上元二年)八月。759年(唐肃宗乾元二年)秋天,杜甫弃官到秦州(今甘肃天水),又辗转经同谷(今甘肃成县)到了成都。760年(乾元三年)春天,杜甫求亲告友,在成都浣花溪边盖起了一座茅屋,总算有了一个栖身之所。不料到了761年(上元二年)八月,大风破屋,大雨又接踵而至。当时安史之乱尚未平息,诗人由自身遭遇联想到战乱以来的万方多难,长夜难眠,感慨万千,写下了这篇脍炙人口的诗篇。

【注释】

(1)秋高:秋深。怒号(háo):大声吼叫。

(2)三重(chóng)茅:几层茅草。三,泛指多。

(3)挂罥(juàn):挂着,挂住。罥,挂。长(cháng):高。

(4)塘坳(ào):低洼积水的地方(即池塘)。塘:一作"堂"。坳:水边低地。

(5)忍能对面为盗贼:竟忍心这样当面做"贼"。忍能:忍心如此。对面:当面。为:做。

(6)入竹去:进入竹林。

(7)呼不得:喝止不住。

(8)俄顷(qǐng):不久,一会儿,顷刻之间。

(9)秋天漠漠向昏黑(古音念hè):指秋季的天空阴沉迷蒙,渐渐黑了下来。

(10)布衾(qīn):布质的被子。衾:被子。

(11)娇儿恶卧踏里裂:孩子睡相不好,把被里都蹬坏了。恶卧:睡相不好。裂:使动用法,使……裂。

(12)床头屋漏无干处:意思是,整个房子都没有干的地方了。屋漏,根据《辞源》释义,指房子西北角,古人在此开天窗,阳光便从此处照射进来。"床头屋漏",泛指整个屋子。

(13)雨脚如麻:形容雨点不间断,像下垂的麻线一样密集。雨脚:雨点。

(14)丧(sāng)乱:战乱,指安史之乱。

(15)沾湿:潮湿不干。何由彻:如何才能挨到天亮。彻:彻晓。

(16)安得:如何能得到。广厦(shà):宽敞的大屋。

(17)大庇(bì):全部遮盖、掩护起来。庇:遮盖,掩护。寒士:"士"原指士人,即文化人,但此处是泛指贫寒的士人们。俱:都。欢颜:喜笑颜开。

(18)呜呼:书面感叹词,表示叹息,相当于"唉"。

(19)突兀(wù):高耸的样子,这里用来形容广厦。见(xiàn):通“现”,出现。

(20)庐:茅屋。亦:一作“意”。足:值得。

# 阁 夜

## 杜 甫

岁暮阴阳催短景(1),天涯霜雪霁寒宵(2)。
五更鼓角声悲壮,三峡星河影动摇(3)。
野哭千家闻战伐(4),夷歌数处起渔樵(5)。
卧龙跃马终黄土,人事音书漫寂寥(6)。

**【说明】**

这首诗是大历元年(766)冬杜甫寓居夔州西阁时所作。诗人流寓于荒僻的山城,面对峡江壮丽的夜景,听到悲壮的鼓角声,由眼前的情景想到国家的战乱,由历史人物想到自己的境遇,感慨万千,写下此诗。

**【注释】**

(1)阴阳:指日月。短景:指冬季日短。景:通“影”,日光。

(2)霁(jì):雪停。

(3)三峡:指瞿塘峡、巫峡、西陵峡。瞿塘峡在夔州东。

(4)野哭:战乱的消息传来,千家万户的哭声响彻四野。千家:一作“几家”。战伐:崔旰(gàn)之乱。

(5)夷歌:指四川境内少数民族的歌谣。夷:指当地少数民族。

(6)人事:指交游。音书:指亲朋间的慰藉。漫:徒然、白白的。

# 登岳阳楼(1)

## 杜 甫

昔闻洞庭水(2),今上岳阳楼。
吴楚东南坼(3),乾坤日夜浮(4)。

亲朋无一字(5),老病有孤舟(6)。
戎马关山北(7),凭轩涕泗流(8)。

【说明】

这首诗创作于大历三年(768)。当时诗人沿江由江陵、公安一路漂泊,来到岳州。登上神往已久的岳阳楼,凭轩远眺,面对烟波浩渺、壮阔无垠的洞庭湖;继而想到自己晚年漂泊无定,国家多灾多难,不免感慨万千,于是写下了这首诗。

【注释】

(1)岳阳楼:即岳阳城西门楼,在湖南省岳阳市,下临洞庭湖,为游览胜地。

(2)洞庭水:即洞庭湖,在今湖南北部,长江南岸,是中国第二淡水湖。

(3)吴楚句:吴楚两地在我国东南。坼(chè):分裂。

(4)乾坤:指日、月。浮:日月星辰和大地昼夜都漂浮在洞庭湖上。

(5)无一字:音讯全无。字:这里指书信。

(6)老病:杜甫时年五十七岁,身患肺病,风痹,右耳已聋。有孤舟:唯有孤舟一叶飘零无定。

(7)戎马:指战争。关山北:北方边境。

(8)凭轩:靠着窗户或廊上的栏杆。涕泗(sì)流:眼泪禁不住地流淌。

## 旅夜书怀(1)

### 杜　甫

细草微风岸(2),危樯独夜舟(3)。
星垂平野阔(4),月涌大江流(5)。
名岂文章著(6),官应老病休(7)。
飘飘何所似(8),天地一沙鸥。

【说明】

这首诗一向被认为是诗人于唐代宗永泰元年(765)。是年正月,杜甫辞去节度参谋职务,返居成都草堂。永泰四月,友人严武去世,杜甫在成都失去依靠,遂携家由成都乘舟东下,经嘉州(今四川乐山)、榆州(今重庆市)至忠州（今四川忠县）。这首诗写旅途风情，感伤老年多病、漂泊无依的心境。

【注释】

(1)书怀：书写胸中意绪。

(2)岸：指江岸边。

(3)危樯（qiáng）：高高的船桅杆。独夜舟：是说自己孤零零的一个人夜泊江边。

(4)星垂平野阔：星空低垂，原野显得格外广阔。

(5)月涌：月亮倒映，随水流涌。大江：指长江。

(6)名：名声。文章著：因文章而著名。

(7)官应老病休：官倒是因为年老多病而被罢退。应：认为是、是。

(8)飘飘：飞翔的样子，这里借沙鸥以写人的漂泊，含有“飘零”“漂泊”的意思。

## 江南逢李龟年(1)

### 杜　甫

岐王宅里寻常见(2)，崔九堂前几度闻(3)。

正是江南好风景，落花时节又逢君(4)。

【说明】

此诗作于大历五年(770)诗人在长沙的时候。安史之乱后，杜甫漂泊到江南一带，和流落的宫廷歌唱家李龟年重逢，回忆起在岐王和崔九的府第频繁相见听歌的情景，感慨万千写下这首诗。

【注释】

(1)江南：此谓江、湘之间，今湖南省一带。李龟年：唐朝开元、天宝年间的著名乐师，擅长唱歌。因为受到皇帝唐玄宗的宠幸而红极一时，常在贵族豪门歌唱。“安史之乱”后，李龟年流落江南，卖艺为生。

(2)岐王：唐玄宗李隆基的弟弟，本名李隆范，后为避李隆基的名讳改为李范，封岐王，以好学爱才著称，雅善音律。寻常：经常。

(3)崔九：崔涤，在兄弟中排行第九，中书令崔湜的弟弟。唐玄宗时，曾任殿中监，出入禁中，得玄宗宠幸。崔姓，是当时一家大姓，以此表明李龟年原来受赏识。

(4)落花时节:暮春,通常指阴历三月。落花的寓意很多,人衰老飘零,社会的凋敝丧乱都在其中。君:指李龟年。

# 题破山寺后禅院(1)

## 常　建

清晨入古寺(2),初日照高林(3)。
曲径通幽处(4),禅房花木深(5)。
山光悦鸟性(6),潭影空人心(7)。
万籁此都寂(8),但余钟磬音(9)。

**【说明】**

常建,生卒不详,长安(今陕西西安)人,唐代诗人。开元(唐玄宗年号,713—742)进士,与王昌龄同榜。其诗多为五言,常以山林、寺观为题材,也有部分边塞诗。

这是一首题壁诗,题咏的是佛寺禅院,抒发的是作者忘却世俗、寄情山水的隐逸胸怀。

**【注释】**

(1)破山寺:即兴福寺,在今江苏常熟市西北虞山上。南朝齐邑人郴州刺史倪德光舍宅所建。

(2)清晨:早晨。入:进入。古寺:指破山寺。

(3)初日:早上的太阳。照:照耀。高林:高树之林。

(4)曲径:一作"竹径",又作"一径"。通:一作"遇"。幽:幽静。

(5)禅房:僧人居住修行的地方。

(6)悦:此处为使动用法,使……高兴。

(7)潭影:清澈潭水中的倒影。空:此处为使动用法,使……空。此句意思是,潭水空明清澈,临潭照影,令人俗念全消。

(8)万籁(lài):各种声音。籁:从孔穴里发出的声音,泛指声音。此:在此,即在后禅院。都:一作"俱"。

(9)但余:只留下。一作"惟余",又作"唯闻"。钟磬(qìng):佛寺中召集众僧的打击乐器。磬:古代用玉或金属制成的曲尺形的打击乐器。

# 逢雪宿芙蓉山主人[1]

**刘长卿**

日暮苍山远[2],天寒白屋贫[3]。
柴门闻犬吠[4],风雪夜归人[5]。

【说明】

刘长卿(约726—约786),字文房,汉族,宣城(今属安徽)人,唐代诗人。唐玄宗天宝年间进士,官终随州刺史,世称刘随州。刘长卿工于诗,长于五言,自称“五言长城”。

这首诗描绘的是一幅风雪夜归图。前两句写诗人投宿山村时的所见所感。后两句写诗人投宿主人家以后的情景。全诗语言朴实浅显,写景如画,叙事简朴,含意深刻。

【注释】

(1)逢:遇上。宿:投宿;借宿。芙蓉山主人:芙蓉山,各地以芙蓉命山名者甚多,这里大约是指湖南桂阳或宁乡的芙蓉山。主人,即指留诗人借宿者。这首诗通过雪夜借宿山村的情形,巧妙地写出山村景象与农家生活。

(2)日暮:傍晚的时候。苍山远:青山在暮色中影影绰绰显得很远。苍:青色。

(3)白屋:未加修饰的简陋茅草房。一般指贫苦人家。

(4)犬吠:狗叫。

(5)夜归人:夜间回来的人。

# 左迁至蓝关示侄孙湘[1]

**韩 愈**

一封朝奏九重天[2],夕贬潮州路八千[3]。
欲为圣朝除弊事,肯将衰朽惜残年[4]!
云横秦岭家何在[5]? 雪拥蓝关马不前[6]。

知汝远来应有意(7)，好收吾骨瘴江边(8)。

【说明】

韩愈(768—824)，唐代文学家、哲学家。字退之，河南河阳(今河南孟州)人。自谓郡望昌黎，世称韩昌黎。贞元八年(792)进士。曾任国子博士、刑部侍郎等职，因谏阻宪宗奉迎佛骨被贬为潮州刺史。后官至吏部侍郎。卒谥“文”。倡导古文运动，其散文被列为“唐宋八大家”之首，与柳宗元并称“韩柳”。其诗力求新奇，有时流于险怪，对宋诗影响颇大。著有《昌黎先生集》。

这首诗是诗人被贬为潮州刺史的赴任途中在蓝田关与赶来的侄孙韩湘相遇，创作的一首七言律诗，此诗抒发了作者内心郁愤以及前途未卜的感伤情绪。

【注释】

(1)左迁：降职，贬官，指作者被贬到潮州。蓝关：在蓝田县南。《地理志》：“京兆府蓝田县有蓝田关。”湘：韩愈的侄孙韩湘，字北渚，韩愈之侄，韩老成的长子，长庆三年(823)进士，任大理丞。韩湘此时27岁，尚未登科第，远道赶来从韩愈南迁。

(2)一封：指一封奏章，即《论佛骨表》。朝(zhāo)奏：早晨送呈奏章。九重(chóng)天：古称天有九层，第九层最高，此指朝廷、皇帝。

(3)路八千：泛指路途遥远。八千，不是确数。

(4)“欲为”二句：想替皇帝除去有害的事，哪能因衰老就吝惜残余的生命。弊事：政治上的弊端，指迎佛骨事。肯：岂肯。衰朽(xiǔ)：衰弱多病。惜残年：顾惜晚年的生命。圣明：指皇帝。

(5)秦岭：在蓝田县内东南。

(6)“雪拥”句：立马蓝关，大雪阻拦，前路艰危，心中感慨万分。拥：阻塞。蓝关：蓝田关，今在陕西省蓝田县东南。马不前：古乐府《饮马长城窟行》：“驱马涉阴山，山高马不前。”

(7)汝(rǔ)：你，指韩湘。应有意：应知道我此去凶多吉少。

(8)“好收”句：意思是自己必死于潮州，向韩湘交代后事。瘴(zhàng)江：指岭南瘴气弥漫的江流。瘴江边：指贬所潮州。

# 渔　翁

## 柳宗元

渔翁夜傍西岩宿(1)，晓汲清湘燃楚竹(2)。
烟销日出不见人(3)，欸乃一声山水绿(4)。
回看天际下中流(5)，岩上无心云相逐(6)。

【说明】

柳宗元(773—819)，唐代文学家、哲学家。字子厚。河东(今山西省运城县解州镇)人，世称柳河东。贞元(唐德宗年号，785 年正月—805 年八月)进士，因参与王叔文集团，被贬为永州司马。后迁柳州刺史，故又称柳柳州。与韩愈共同倡导古文运动，同被列入“唐宋八大家”，并称“韩柳”。其诗风格清峭，与刘禹锡并称“刘柳”，与王维、孟浩然、韦应物并称“王孟韦柳”。有《河东先生集》。

这首山水诗作于永州(今湖南零陵)。唐宪宗元和元年(806)，柳宗元因参与“永贞革新”而被贬永州，一腔抱负化为烟云，他承受着政治上的沉重打击，寄情于异乡山水，作了著名的《永州八记》，并写下了许多吟咏永州地区湖光山色的诗篇，《渔翁》就是其中的一首代表作。此诗通过渔翁在山水间获得内心宁静的描写，表达了作者在政治革新失败、自身遭受打击后寻求超脱的心境。全诗就像一幅飘逸的风情画，充满了色彩和动感，境界奇妙动人。

【注释】

(1)傍：靠近。西岩：当指永州境内的西山，可参作者《始得西山宴游记》。

(2)汲(jí)：取水。湘：湘江之水。楚：西山古属楚地。

(3)销：消散。亦作“消”。

(4)欸(ǎi)乃：象声词，一说指桨声，一说是人长呼之声。唐时湘中棹歌有《欸乃曲》(见元结《欸乃曲序》)。

(5)下中流：由中流而下。

(6)无心：陶渊明《归去来兮辞》：“云无心而出岫。”一般是表示庄子所说的那种物我两忘的心灵境界。

# 江　雪

## 柳宗元

千山鸟飞绝[1]，万径人踪灭[2]。
孤舟蓑笠翁[3]，独钓寒江雪[4]。

【说明】

诗人自从被贬到永州之后，精神上受到很大刺激，借描写山水景物歌咏隐居在山水之间的渔翁，来寄托自己清高而孤傲的情感，抒发自己在政治上失意的郁闷苦恼。

【注释】

(1)绝：无，没有。

(2)万径：虚指，指千万条路。人踪：人的脚印。

(3)孤：孤零零。蓑笠(suō lì)：蓑衣和斗笠。蓑：古代用来防雨的衣服；笠：古代用来防雨的帽子，用竹篾编成。

(4)独：独自。

# 寻隐者不遇[1]

## 贾　岛

松下问童子[2]，言师采药去[3]。
只在此山中，云深不知处[4]。

【说明】

贾岛(779—843)，唐代诗人。字阆仙，一作浪仙。范阳(今河北涿县)人。早年出家为僧，号无本。自号“碣石山人”，后还俗，屡举进士不第。曾任长江(今四川蓬溪)主簿，人称贾长江。其诗喜写荒凉枯寂之境，颇多寒苦之辞。以五律见长，注意词句锤炼，刻苦求工。与孟郊齐名，有“郊寒岛瘦”之称。

这首诗首句写寻者问童子，后三句都是童子的答话，诗人采用了寓问于答的手法，把寻访不遇的焦急心情，描绘得淋漓尽致。诗中以白云比隐者的高洁，以苍松喻隐者的风骨，与寻访不遇，愈衬出寻者对隐者的仰慕之情。全诗遣词通俗清丽、情深意切，是一篇难得的言简意丰之作。

【注释】

(1)寻:寻访。隐者:隐士，隐居在山林中的人。古代指不肯做官而隐居在山野之间的人。一般指的是贤士。不遇:没有遇到，没有见到。

(2)童子:没有成年的人，小孩。在这里是指"隐者"的弟子、学生。

(3)言:回答，说。

(4)云深:指山上的云雾。处:行踪，所在。

## 枫桥夜泊(1)

### 张 继

月落乌啼霜满天(2)，江枫渔火对愁眠(3)。
姑苏城外寒山寺(4)，夜半钟声到客船(5)。

【说明】

张继(约715—约779)，字懿孙，唐代诗人，襄州(州治在今湖北省襄阳市)人。天宝十二年(753)进士。安史之乱后，诗人途经寒山寺时，写下了这首羁旅诗。

诗中，诗人细腻地讲述了一个客船夜泊者对江南深秋夜景的观察和感受，勾画了月落乌啼、霜天寒夜、江枫渔火、孤舟客子等景象，有景有情有声有色。此外，这首诗也将作者羁旅之思、家国之忧，以及身处乱世尚无归宿的顾虑充分地表现出来。

【注释】

(1)枫桥:在今江苏省苏州市虎丘区枫桥街道阊门外。有人说"枫江古为封江""枫桥旧作封桥"(宋周遵道《豹隐纪谈》)，也有人说，"旧把此桥误作封桥，到王珪才改正为枫桥"(《吴郡图经续记》)，还有人说，"本为封江、封桥，王蚌改封为枫，人们震慑权势，只得趋附"。夜泊:夜间把船停靠在岸边。

(2)乌啼:一说为乌鸦啼鸣，一说为乌啼镇。霜满天:霜，不可能满天，这个"霜"字应当体会作严寒;霜满天，是空气极冷的形象语。

(3)江枫:一般解释作“江边枫树”,江指吴淞江,源自太湖,流经上海,汇入长江,俗称苏州河。另外有人认为指“江村桥”和“枫桥”。“枫桥”在吴县南门(阊阖门)外西郊,本名“封桥”,因张继此诗而改为“枫桥”。柯继承等指出,“唐以前早先枫桥称作封桥,吴语封、枫同音,以封桥误为枫桥,因河边有经霜红叶树之故。根据张诗所表明的物候及月相分析推算,张诗当作于农历十月深秋时分,江南水边多植乌桕之类树木,经霜叶红,古人诗中多混作为‘枫’。故江枫,是泛指江边的红叶类树,不必是枫。”渔火:通常解释,“渔火”就是渔船上的灯火;也有说法指“渔火”实际上就是一同打鱼的伙伴。《全唐诗》“渔火”作“渔父”。对愁眠:伴愁眠之意,此句把江枫和渔火二词拟人化。

(4)姑苏:苏州的别称,因城西南有姑苏山而得名。寒山寺:在枫桥附近,始建于南朝梁代。相传因唐代僧人寒山、拾得曾住此而得名。在今苏州市西枫桥镇。本名“妙利普明塔院”,又名枫桥寺;另一种说法,“寒山”乃泛指肃寒之山,非寺名。寺曾经数次重建,现在的寺宇,为太平天国以后新建。寺钟在第二次世界大战时,被日本人运走,下落不明。

(5)夜半钟声:当今的佛寺只有春节才半夜敲钟,但唐朝苏州佛寺有半夜敲钟的习惯,也叫“无常钟”或“分夜钟”。宋代文学家欧阳修曾提出疑问表示:“诗人为了贪求好句,以至于道理说不通,这是作文章的毛病,如张继诗句‘夜半钟声到客船’,句子虽好,但哪有三更半夜打钟的道理?”可是经过许多人的实地查访,才知苏州和邻近地区的佛寺,有打半夜钟的风俗。

## 渔歌子·西塞山前白鹭飞[(1)]

### 张志和

西塞山前白鹭飞[(2)],桃花流水鳜鱼肥[(3)]。
青箬笠[(4)],绿蓑衣[(5)],斜风细雨不须归[(6)]。

**【说明】**

张志和(732—774?),字子同,初名龟龄,号玄真子,祖籍浙江金华,唐代诗人。《渔歌子》是诗人写的一首词。

这首词开头两句写垂钓的地方和季节。这两句里,出现了山、水、鸟、花、鱼,勾勒了一个垂钓的优美环境,为人物出场做好了铺垫。词的后两句写烟波上垂钓。尾句里的“斜风细雨”既是实写景物,又另含深意。这首词通过对自然风光和渔人垂钓的描绘,表现了作者向往自由生活的心情。

【注释】

(1)渔歌子:原是曲调名,后来人们根据它填词,又成为词牌名。

(2)西塞山:在今浙江省湖州市西面。

(3)白鹭:一种白色的水鸟。

(4)桃花流水:桃花盛开的季节正是春水盛涨的时候,俗称桃花汛或桃花水。鳜鱼:俗称“花鱼”“桂鱼”。扁平、口大、鳞细、黄绿色,味道鲜美。

(5)箬笠:用竹篾、箬叶编的斗笠。

(6)蓑衣:用草或棕麻编织的雨衣。

## 寒 食

### 韩 翃

春城无处不飞花(1),寒食东风御柳斜(2)。

日暮汉宫传蜡烛(3),轻烟散入五侯家(4)。

【说明】

韩翃(hóng),生卒年不详,唐代诗人。字君平,南阳(今河南南阳市)人。天宝十三载(754)进士及第,是唐代“大历十才子”之一。

此诗前两句写的是白昼风光,描写了整个长安柳絮飞舞,落红无数的迷人春景和皇宫园林中的风光;后两句则是写夜晚景象,生动地描绘了一幅夜晚走马传烛图,使人如见蜡烛之光,如闻轻烟之味。全诗用白描手法写实,刻画皇室的气派,充溢着对皇都春色的陶醉和对盛世承平的歌咏。

【注释】

(1)春城:暮春时的长安城。

(2)寒食:古代在清明节前两天的节日,焚火三天,只吃冷食,所以称寒食。御柳:御苑之柳,皇城中的柳树。

(3)汉宫:这里指唐朝皇宫。传蜡烛:寒食节普天下禁火,但权贵宠臣可得到皇帝恩赐而得到燃烛。《唐辇下岁时记》“清明日取榆柳之火以赐近臣”。

(4)五侯:汉成帝时封王皇后的五个兄弟王谭、王商、王立、王根、王逢皆为侯，受到特别的恩宠。这里泛指天子近幸之臣。

## 滁州西涧(1)

### 韦应物

独怜幽草涧边生(2)，上有黄鹂深树鸣(3)。
春潮带雨晚来急(4)，野渡无人舟自横(5)。

【说明】

韦应物(737—792)，中国唐代诗人。汉族，长安(今陕西西安)人，因出任过苏州刺史，世称“韦苏州”。诗风恬淡高远，以善于写景和描写隐逸生活著称。

这首诗是诗人任滁州刺史时，游览至滁州西涧，写下了这首诗情浓郁的小诗。此诗写的虽然是平常的景物，但经诗人的点染，却成了一幅意境幽深的有韵之画，还蕴含了诗人一种不在其位，不得其用的无奈与忧伤情怀，也是作者对自己怀才不遇的感慨。

【注释】

(1)滁州：在今安徽滁州以西。西涧：在滁州城西，俗名称上马河。

(2)独怜：唯独喜欢。幽草：幽谷里的小草。幽，一作“芳”。生：一作“行”。

(3)深树：枝叶茂密的树。深，《才调集》作“远”。树，《全唐诗》注“有本作‘处’”。

(4)春潮：春天的潮汐。

(5)野渡：郊野的渡口。横：指随意飘浮。

## 塞下曲

### 卢　纶

林暗草惊风(1)，将军夜引弓(2)。
平明寻白羽(3)，没在石棱中(4)。

【说明】

卢纶(748—800),唐代诗人。字允言,河中蒲(今山西永济)人,唐代“大历十才子”之一。《塞下曲》全称为《和张仆射(yè)塞下曲》,是诗人的组诗作品,共六首,本诗是其中一首。诗中主要描述了将军射箭本领的高超。

【注释】

(1)惊风:突然被风吹动。

(2)弓:拉弓,开弓,这里包含下一步的射箭。

(3)平明:天刚亮的时候。白羽:箭杆后部的白色羽毛,这里指箭。

(4)没:陷入,这里是钻进的意思。石棱:石头的棱角。也指多棱的山石。

## 游子吟(1)

### 孟　郊

慈母手中线,游子身上衣。
临行密密缝(2),意恐迟迟归(3)。
谁言寸草心(4),报得三春晖(5)。

【说明】

孟郊(751—814),唐代著名诗人。字东野。湖州武康(今浙江德清)人,祖籍平昌(今山东临邑东北),故友人时称“平昌孟东野”。

这是一首母爱的颂歌。全诗共六句三十字,采用白描的手法,通过回忆一个看似平常的临行前缝衣的场景,凸显并歌颂了母爱的伟大与无私,表达了诗人对母亲深深的爱。此诗情感真挚自然,千百年来广为传诵。

【注释】

(1)游子:古代称远游旅居的人。吟:诗体名称。

(2)临:将要。

(3)意恐:担心。归:回来,回家。

(4)谁言:一作“难将”。言:说。寸草:小草。这里比喻子女。心:语义双关,既指草木的茎干,也指子女的心意。

(5)报得:报答。三春晖:春天灿烂的阳光,指慈母之恩。三春:旧称农历正月为孟春,二月为仲春,三月为季春,合称三春。晖:阳光。形容母爱如春天温暖、和煦的阳光照耀着子女。

## 石头城(1)

### 刘禹锡

山围故国周遭在(2)，潮打空城寂寞回。
淮水东边旧时月(3)，夜深还过女墙来(4)。

**【说明】**

刘禹锡(772—842)，字梦得，河南洛阳人，唐朝文学家、哲学家，有“诗豪”之称。贞元九年(793)，进士及第，与柳宗元并称“刘柳”，与韦应物、白居易合称“三杰”，并与白居易合称“刘白”，有《陋室铭》《竹枝词》《杨柳枝词》《乌衣巷》等名篇。

这首诗咏怀石头城，表面看句句写景，实际上句句抒情。诗人写了山、水、明月和城墙等荒凉景色，写景之中，深寓着诗人对六朝兴亡和人事变迁的慨叹，悲凉之气笼罩全诗。

**【注释】**

(1)石头城：位于今南京市西清凉山上，三国时孙吴就石壁筑城戍守，称石头城。后人也每以石头城指建业。曾为吴、东晋、宋、齐、梁、陈六朝都城，至唐废弃。今为南京市。

(2)故国：即旧都。石头城(即南京)在六朝时代一直是国都。周遭：环绕。

(3)淮水：指贯穿石头城的秦淮河。旧时：指汉魏六朝时。

(4)女墙：指石头城上的矮城。

## 竹枝词(1)

### 刘禹锡

杨柳青青江水平，闻郎江上踏歌声(2)。
东边日出西边雨，道是无晴却有晴(3)。

【说明】

这是一首描写青年男女爱情的诗歌。它描写了一个初恋的少女在杨柳青青、江水如镜的清丽的春日里,听到情郎的歌声所产生的内心活动。

【注释】

(1)竹枝词:乐府近代曲名。又名《竹枝》。原为四川东部一带民歌,唐代诗人刘禹锡根据民歌创作新词,多写男女爱情和三峡的风情,流传甚广。后代诗人多以《竹枝词》为题写爱情和乡土风俗。其形式为七言绝句。

(2)踏歌声:一作唱歌声。

(3)却有晴:一作还有晴,晴:与"情"谐音。《全唐诗》也写作"情"。

# 乌衣巷(1)

## 刘禹锡

朱雀桥边野草花(2),乌衣巷口夕阳斜。
旧时王谢堂前燕(3),飞入寻常百姓家(4)。

【说明】

这首诗写诗人对盛衰兴败的深沉感慨。朱雀桥和乌衣巷依然如故,但野草丛生,夕阳已斜。荒凉的景象,已经暗含了诗人对荣枯兴衰的敏感体验。后两句借燕子的栖巢,表达作者对世事沧桑,盛衰变化的慨叹,用笔尤为曲折。

【注释】

(1)乌衣巷:金陵城内街名,位于秦淮河之南,与朱雀桥相近。三国时期吴国曾设军营于此,为禁军驻地。由于当时禁军身着黑色军服,所以此地俗语称乌衣巷。在东晋时以王导、谢安两大家族,都居住在乌衣巷,人称其子弟为"乌衣郎"。入唐后,乌衣巷沦为废墟。

(2)朱雀桥:六朝时金陵正南朱雀门外横跨秦淮河的大桥,在今南京市秦淮区。

(3)王谢:王导、谢安,晋相,世家大族,贤才众多,皆居巷中,冠盖簪缨,为六朝巨室。旧时王谢之家庭多燕子。至唐时,则皆衰落不知其处。

(4)寻常:平常。

# 望洞庭[1]

## 刘禹锡

湖光秋月两相和[2]，潭面无风镜未磨[3]。
遥望洞庭山水翠[4]，白银盘里一青螺[5]。

【说明】

这首诗描写了秋夜月光下洞庭湖的优美景色，表达了诗人对洞庭风光的喜爱和赞美之情，表现了诗人壮阔不凡的气度和高卓清奇的情致。

【注释】

(1)洞庭：湖名，在今湖南省北部。

(2)湖光：湖面的波光。两：指湖光和秋月。和：和谐。指水色与月光交相辉映。

(3)潭面：指湖面。镜未磨：古人的镜子用铜制作、磨成。此句意思一说是湖面无风，水平如镜；一说是远望湖中的景物，隐约不清，如同镜面没打磨时照物模糊。

(4)山水翠：一作"山水色"。山：指洞庭湖中的君山。

(5)白银盘：形容平静而又清的洞庭湖面。白银：一作"白云"。青螺：这里用来形容洞庭湖中的君山。

# 浪淘沙

## 刘禹锡

九曲黄河万里沙，浪淘风簸自天涯。
如今直上银河去[1]，同到牵牛织女家。

【说明】

《浪淘沙》本为六朝民歌的题目，唐代成为教坊乐曲。本诗是诗人的组诗作品《浪淘沙九首》中的一首。是诗人见黄河后留下的感慨，也是对宁静生活的一种向往。

【注释】

(1)直上银河:古代传说黄河与天上的银河相通。据《荆楚岁时记》载:汉武帝派张骞出使大夏,寻找黄河源头。张骞走了一个多月,见到了织女。织女把支机石送给张骞。骞还。同书又载:织女是天帝的孙女,长年织造云锦。自从嫁了牛郎,就中断了织锦。天帝大怒,责令她与牛郎分居银河两岸,隔河相望,每年七月初七之夜相会一次。

## 酬乐天扬州初逢席上见赠(1)

### 刘禹锡

巴山楚水凄凉地(2),二十三年弃置身(3)。
怀旧空吟闻笛赋(4),到乡翻似烂柯人(5)。
沉舟侧畔千帆过(6),病树前头万木春(7)。
今日听君歌一曲(8),暂凭杯酒长精神(9)。

【说明】

此诗作于唐敬宗宝历二年(826),诗人罢和州刺史返回洛阳,同时白居易从苏州返洛阳,二人在扬州初逢时,白居易在宴席上作诗赠予诗人,诗人写此诗作答。

诗中诗人叙述了自己被贬谪、遭弃置的境遇,表达了无限辛酸和愤懑不平,也表现了坚定的意志和乐观的精神。

【注释】

(1)酬:答谢,酬答,这里是指以诗相答的意思。用诗歌赠答。乐天:指白居易,字乐天。见赠:送给(我)。

(2)巴山楚水:指四川、湖南、湖北一带。古时四川东部属于巴国,湖南北部和湖北等地属于楚国。刘禹锡被贬后,迁徙于朗州、连州、夔州、和州等边远地区,这里用“巴山楚水”泛指这些地方。

(3)二十三年:从唐顺宗永贞元年(805)刘禹锡被贬为连州刺史,至宝历二年(826)冬应召,约22年。因贬地离京遥远,实际上到第二年才能回到京城,所以说23年。弃置身:指遭受贬谪的诗人自己。置:放置。弃置:贬谪(zhé)。

(4)怀旧:怀念故友。吟:吟唱。闻笛赋:指西晋向秀的《思旧赋》。三国曹魏末年，向秀的朋友嵇康、吕安因不满司马氏篡权而被杀害。后来，向秀经过嵇康、吕安的旧居，听到邻人吹笛，不禁悲从中来，于是作《思旧赋》。序文中说：自己经过嵇康旧居，因写此赋追念他。刘禹锡借用这个典故怀念已死去的王叔文、柳宗元等人。

(5)到：到达。翻似：倒好像。翻：副词，反而。烂柯人：指晋人王质。相传晋人王质上山砍柴，看见两个童子下棋，就停下观看。等棋局终了，手中的斧柄(柯)已经朽烂。回到村里，才知道已过了一百年。同代人都已经亡故。作者以此典故表达自己遭贬23年的感慨。刘禹锡也借这个故事表达世事沧桑，人事全非，暮年返乡恍如隔世的心情。

(6)侧畔：旁边。

(7)沉舟、病树：这是诗人以沉舟、病树自比。

(8)歌一曲：指白居易的《醉赠刘二十八使君》。

(9)长(zhǎng)精神：振作精神。长：增长，振作。

## 赋得古原草送别(1)

### 白居易

离离原上草(2)，一岁一枯荣(3)。
野火烧不尽，春风吹又生。
远芳侵古道(4)，晴翠接荒城(5)。
又送王孙去(6)，萋萋满别情(7)。

**【说明】**

白居易(772—846)，字乐天，号香山居士，又号醉吟先生，祖籍太谷，生于河南新郑，是唐代伟大的现实主义诗人。白居易与元稹共同倡导新乐府运动，世称“元白”，与刘禹锡并称“刘白”。有《白氏长庆集》传世，代表诗作有《长恨歌》《卖炭翁》《琵琶行》等。

《赋得古原草送别》作于788年(唐德宗贞元三年)，是诗人的成名作。作者当时实龄十六岁。此诗是应考习作，按科考规矩，凡限定的诗题，题目前必须加“赋得”二字，作法与咏物诗相似。此诗通过对古原上野草的描绘，抒发送别友人时的依依惜别之情。

【注释】

(1)赋得:借古人诗句或成语命题作诗。诗题前一般都冠以“赋得”二字。这是古代人学习作诗或文人聚会分题作诗或科举考试时命题作诗的一种方式,称为“赋得体”。

(2)离离:青草茂盛的样子。

(3)一岁一枯荣:野草每年都会茂盛一次,枯萎一次。枯:枯萎。荣:茂盛。

(4)远芳侵古道:远处芬芳的野草一直长到古老的驿道上。芳:指野草那浓郁的香气。远芳:草香远播。侵:侵占,长满。

(5)晴翠:草原明丽翠绿。

(6)王孙:本指贵族后代,此指远方的友人。

(7)萋萋:形容草木长得茂盛的样子。

# 长恨歌

## 白居易

汉皇(1)重色思倾国(2),御宇多年求不得(3)。
杨家有女初长成,养在深闺人未识。(4)
天生丽质难自弃(5),一朝选在君王侧。
回眸一笑百媚生,六宫粉黛无颜色(6)。
春寒赐浴华清池(7),温泉水滑洗凝脂(8)。
侍儿扶起娇无力(9),始是新承恩泽时(10)。
云鬓花颜金步摇(11),芙蓉帐暖度春宵(12)。
春宵苦短日高起(13),从此君王不早朝。
承欢侍宴无闲暇,春从春游夜专夜。
后宫佳丽三千人(14),三千宠爱在一身。
金屋妆成娇侍夜(15),玉楼宴罢醉和春。
姊妹弟兄皆列土(16),可怜光彩生门户(17)。
遂令天下父母心,不重生男重生女(18)。

骊宫高处入青云[19]，仙乐风飘处处闻。
缓歌慢舞凝丝竹[20]，尽日君王看不足。
渔阳鼙(pí)鼓动地来[21]，惊破霓裳羽衣曲[22]。
九重城阙烟尘生[23]，千乘万骑西南行[24]。
翠华摇摇行复止，西出都门百余里。[25]
六军不发无奈何[26]，宛转蛾眉马前死[27]。
花钿委地无人收[28]，翠翘金雀玉搔头[29]。
君王掩面救不得，回看血泪相和流。
黄埃散漫风萧索，云栈萦纡登剑阁。[30]
峨嵋山下少人行[31]，旌旗无光日色薄。
蜀江水碧蜀山青，圣主朝朝暮暮情。
行宫见月伤心色[32]，夜雨闻铃肠断声[33]。
天旋地转回龙驭[34]，到此踌躇不能去。
马嵬坡下泥土中，不见玉颜空死处[35]。
君臣相顾尽沾衣，东望都门信马归[36]。
归来池苑皆依旧，太液芙蓉未央柳[37]。
芙蓉如面柳如眉，对此如何不泪垂？
春风桃李花开日，秋雨梧桐叶落时。
西宫南内多秋草[38]，落叶满阶红不扫。
梨园弟子白发新[39]，椒房阿监青娥老[40]。
夕殿萤飞思悄然，孤灯挑尽未成眠[41]。
迟迟钟鼓初长夜[42]，耿耿星河欲曙天[43]。
鸳鸯瓦冷霜华重[44]，翡翠衾寒谁与共[45]？
悠悠生死别经年，魂魄不曾来入梦。
临邛(qióng)道士鸿都客[46]，能以精诚致魂魄。[47]
为感君王辗转思，遂教方士殷勤觅[48]。
排空驭气奔如电[49]，升天入地求之遍。

上穷碧落下黄泉[50]，两处茫茫皆不见。
忽闻海上有仙山[51]，山在虚无缥缈间。
楼阁玲珑五云起[52]，其中绰约多仙子[53]。
中有一人字太真，雪肤花貌参差是[54]。
金阙西厢叩玉扃(jiōng)[55]，转教小玉报双成[56]。
闻道汉家天子使，九华帐[57]里梦魂惊。
揽衣推枕起徘徊，珠箔银屏迤逦开[58]。
云鬓半偏新睡觉[59]，花冠不整下堂来。
风吹仙袂飘飖举[60]，犹似霓裳羽衣舞。
玉容寂寞泪阑干[61]，梨花一枝春带雨。
含情凝睇谢君王[62]，一别音容两渺茫。
昭阳殿里恩爱绝[63]，蓬莱宫中日月长[64]。
回头下望人寰(huán)处[65]，不见长安见尘雾。
惟将旧物表深情[66]，钿合金钗寄将去[67]。
钗留一股合一扇，钗擘(bò)黄金合分钿。[68]
但教心似金钿坚，天上人间会相见。
临别殷勤重寄词[69]，词中有誓两心知[70]。
七月七日长生殿[71]，夜半无人私语时。
在天愿作比翼鸟[72]，在地愿为连理枝[73]。
天长地久有时尽，此恨绵绵无绝期[74]。

【说明】

《长恨歌》是一首长篇叙事诗，诗的主题是“长恨”。全诗形象地叙述了唐玄宗与杨贵妃的爱情悲剧。诗人借历史人物和传说，创造了一个曲折宛转的动人故事，并通过塑造的艺术形象，再现了现实生活的真实，感染了千百年来的读者。

【注释】

(1)汉皇：原指汉武帝刘彻。此处借指唐玄宗李隆基。唐人文学创作常以汉称唐。

(2)重色：爱好女色。倾国：绝色女子。汉代李延年对汉武帝唱了一首歌:“北方有佳人,绝世而独立。一顾倾人城,再顾倾人国。宁不知倾城与倾国,佳人难再得。”后来,“倾国倾城”就成为美女的代称。

(3)御宇:驾驭宇内,即统治天下。汉贾谊《过秦论》:“振长策而御宇内。”

(4)杨家有女:蜀州司户杨玄琰,有女杨玉环,自幼由叔父杨玄珪抚养,十七岁(开元二十三年)被册封为玄宗之子寿王李瑁之妃。二十七岁被玄宗册封为贵妃。白居易此谓“养在深闺人未识”,是作者有意为帝王避讳的说法。

(5)丽质:美丽的姿质。

(6)六宫粉黛:指宫中所有嫔妃。古代皇帝设六宫:正寝(日常处理政务之地)一,燕寝(休息之地)五,合称六宫。粉黛:粉黛本为女性化妆用品,粉以抹脸,黛以描眉。此代指六宫中的女性。无颜色:意谓相形之下,都失去了美好的姿容。

(7)华清池:华清池温泉,在今西安市临潼区南的骊山下。唐贞观十八年(644)建汤泉宫,咸亨二年(671)改名温泉宫,天宝六载(747)扩建后改名华清宫。唐玄宗每年冬、春季都到此居住。

(8)凝脂:形容皮肤白嫩滋润,犹如凝固的脂肪。《诗经·卫风·硕人》语“肤如凝脂”。

(9)侍儿:宫女。

(10)新承恩泽:刚得到皇帝的宠幸。

(11)云鬓:《木兰诗》:“当窗理云鬓,对镜贴花黄”。形容女子鬓发盛美如云。金步摇:一种金首饰,用金银丝盘成花之形状,上面缀着垂珠之类,插于发鬓,走路时摇曳生姿。

(12)芙蓉帐:绣着莲花的帐子。形容帐之精美。萧纲《戏作谢惠连体十三韵》:珠绳翡翠帷,绮幕芙蓉帐。

(13)春宵:新婚之夜。

(14)佳丽三千:《后汉书·皇后纪》:自武元之后,世增淫费,乃至掖庭三千。言后宫女子之多。据《旧唐书·宦官传》等记载,开元、天宝年间,长安大内、大明、兴庆三宫,皇子十宅院,皇孙百孙院,东都大内、上阳两宫,大率宫女四万人。

(15)金屋:《汉武故事》记载,武帝幼时,他姑妈将他抱在膝上,问他要不要她的女儿阿娇作妻子。他笑着回答说:“若得阿娇,当以金屋藏之。”

(16)列土:分封土地。

(17)可怜:可爱,值得羡慕。

(18)不重生男重生女:陈鸿《长恨歌传》云,当时民谣有"生女勿悲酸,生男勿喜欢","男不封侯女作妃,看女却为门上楣"等。

(19)骊宫:骊山华清宫。骊山在今陕西临潼。

(20)凝丝竹:指弦乐器和管乐器伴奏出舒缓的旋律。

(21)渔阳:郡名,辖今北京市平谷区和天津市的蓟县等地,当时属于平卢、范阳、河东三镇节度使安禄山的辖区。天宝十四载(755)冬,安禄山在范阳起兵叛乱。鼙鼓:古代骑兵用的小鼓,此借指战争。

(22)霓(ní)裳羽衣曲:舞曲名,据说为唐开元年间西凉节度使杨敬述所献,经唐玄宗润色并制作歌词,改用此名。乐曲着意表现虚无缥缈的仙境和仙女形象。

(23)九重城阙:九重门的京城,此指长安。阙:意为古代宫殿门前两边的楼,泛指宫殿或帝王的住所。《楚辞·九辩》:君之门以九重。烟尘生:指发生战事。

(24)千乘万骑西南行:天宝十五载(756)六月,安禄山破潼关,逼近长安。玄宗带领杨贵妃等出延秋门向西南方向逃走。当时随行护卫并不多,"千乘万骑"是夸大之词。乘:一人一骑为一乘。

(25)翠华摇摇行复止,西出都门百余里:李隆基西奔至距长安百余里的马嵬驿(今陕西兴平),扈从禁卫军发难,不再前行,请诛杨国忠、杨玉环兄妹以平民怨。玄宗为保自身,只得照办。

翠华:用翠鸟羽毛装饰的旗帜,皇帝仪仗队用。司马相如《上林赋》:建翠华之旗,树灵鼍之鼓。都门:指延秋门,安禄山起兵叛乱,唐玄宗与杨贵妃即由延秋门出长安,赴蜀避难。百余里:指到了距长安一百多里的马嵬坡。

(26)六军:指天子军队。《周礼·夏官·司马》:王六军。据新旧《唐书·玄宗纪》《资治通鉴》等记载:天宝十五载(756)六月,哥舒翰至潼关,为其帐下火拔归仁执之降安禄山,潼关不守,京师大骇。玄宗谋幸蜀,乃下诏亲征,仗下后,士庶恐骇。乙未日凌晨,玄宗自延秋门出逃,扈从唯宰相杨国忠、韦见素,内侍高力士及太子、亲王、妃主,皇孙已下多从之不及。丙辰日,次马嵬驿(在兴平县北,今属陕西),诸军不进。龙武大将军陈玄礼奏:逆胡指阙,以诛国忠为名,然中外群情,不无嫌怨。今国步艰阻,乘舆震荡,陛下宜徇群情,为社稷大计,国忠之徒,可置之于法。会吐蕃使遮国忠告诉于驿门,众呼曰:杨国忠连蕃人谋逆!兵士围驿四合,及诛杨国忠、魏方进一族,兵犹未解。玄宗令高力士诘之,回奏曰:诸将既诛国忠,以贵妃在宫,人情恐惧。玄宗即命力士赐贵妃自尽。

(27)宛转:形容美人临死前哀怨缠绵的样子。蛾眉:古代美女的代称,此指杨贵妃。《诗经·卫风·硕人》:螓首蛾眉。

(28)花钿:用金翠珠宝等制成的花朵形首饰。委地:丢弃在地上。

(29)翠翘:首饰,形如翡翠鸟尾。金雀:金雀钗,钗形似凤(古称朱雀)。玉搔头:玉簪。《西京杂记》卷二:武帝过李夫人,就取玉簪搔头。自此后宫人搔头皆用玉。

(30)云栈:高入云霄的栈道。萦纡(yíngyū):萦回盘绕。剑阁:又称剑门关,在今四川剑阁县北,是由秦入蜀的要道。此地群山如剑,峭壁中断处,两山对峙如门。诸葛亮相蜀时,凿石驾凌空栈道以通行。

(31)峨嵋山:在今四川峨眉山市。玄宗奔蜀途中,并未经过峨嵋山,这里泛指蜀中高山。

(32)行宫:皇帝离京出行在外的临时住所。

(33)夜雨闻铃:《明皇杂录·补遗》:"明皇既幸蜀,西南行。初入斜谷,霖雨涉旬,于栈道雨中闻铃音与山相应。上既悼念贵妃,采其声为《雨霖铃曲》以寄恨焉。"这里暗指此事。后《雨霖铃》成为宋词词牌名。

(34)天旋地转:指时局好转。肃宗至德二年(757),郭子仪军收复长安。回龙驭:皇帝的车驾归来。

(35)不见玉颜空死处:据《旧唐书·后妃传》载:玄宗自蜀还,令中使祭奠杨贵妃,密令改葬于他所。初瘗时,以紫褥裹之,肌肤已坏,而香囊仍在,内官以献,上皇视之凄婉,乃令图其形于别殿,朝夕视焉。

(36)信马:意思是无心鞭马,任马前进。

(37)太液:汉宫中有太液池。未央:汉有未央宫。此皆借指唐长安皇宫。

(38)西宫南内:皇宫之内称为大内。西宫即西内太极宫,南内为兴庆宫。玄宗返京后,初居南内。上元元年(760),权宦李辅国假借肃宗名义,胁迫玄宗迁往西内,并流贬玄宗亲信高力士、陈玄礼等人。

(39)梨园弟子:指玄宗当年训练的乐工舞女。梨园:据《新唐书·礼乐志》:唐玄宗时宫中教习音乐的机构,曾选"坐部伎"三百人教练歌舞,随时应诏表演,号称"皇帝梨园弟子"。

(40)椒房:后妃居住之所,因以花椒和泥抹墙,故称。阿监:宫中的侍从女官。青娥:年轻的宫女。据《新唐书·百官志》,内官宫正有阿监、副监,视七品。

(41)孤灯挑尽:古时用油灯照明,为使灯火明亮,过了一会儿就要把浸在油中的灯草往前挑一点。挑尽,说明夜已深。按唐时宫廷夜间燃烛而不点油灯,此处旨在形容玄宗晚年生活环境的凄苦。

(42)迟迟:迟缓。报更钟鼓声起止原有定时,这里用以形容玄宗长夜难眠时的心情。

(43)耿耿:微明的样子。欲曙天:长夜将晓之时。

(44)鸳鸯瓦:屋顶上俯仰相对合在一起的瓦。《三国志·魏书·方技传》载:文帝梦殿屋两瓦堕地,化为双鸳鸯。房瓦一俯一仰相合,称阴阳瓦,亦称鸳鸯瓦。霜华:霜花。

(45)翡翠衾:布面绣有翡翠鸟的被子。《楚辞·招魂》:翡翠珠被,烂齐光些。言其珍贵。谁与共:与谁共。

(46)临邛道士鸿都客:意谓有个从临邛来长安的道士。临邛:今四川邛崃县。鸿都:东汉都城洛阳的宫门名,这里借指长安。《后汉书·灵帝纪》:光和元年二月,始置鸿都门学士。

(47)致魂魄:招来杨贵妃的亡魂。

(48)方士:有法术的人。这里指道士。殷勤:尽力。

(49)排空驭气:腾云驾雾。

(50)穷:穷尽,找遍。碧落:即天空。黄泉:指地下。

(51)海上仙山:《史记·封禅书》:自威、宣、燕昭使人人海求蓬莱、方丈、瀛洲,此三神山者,其传在渤海中。

(52)玲珑:华美精巧。五云:五彩云霞。

(53)绰约:体态轻盈柔美。《庄子·逍遥游》:藐姑射之山,有神人居焉,肌肤若冰雪,绰约如处子。

(54)参差:仿佛,差不多。

(55)金阙:《太平御览》卷六六。引《大洞玉经》:上清宫门中有两阙,左金阙,右玉阙。西厢:《尔雅·释宫》:室有东西厢日庙。西厢在右。玉扃(jiong):玉门。即玉阙之变文。

(56)转教小玉报双成:意谓仙府庭院重重,须经辗转通报。小玉:吴王夫差女。双成:传说中西王母的侍女。这里皆借指杨贵妃在仙山的侍女。

(57)九华帐:绣饰华美的帐子。九华:重重花饰的图案。言帐之精美。《宋书·后妃传》:自汉氏昭阳之轮奂,魏室九华之照耀。

(58)珠箔:珠帘。银屏:饰银的屏风。逦迤:接连不断地。

(59)新睡觉:刚睡醒。觉:醒。

(60)袂(mèi):衣袖。

(61)玉容寂寞:此指神色黯淡凄楚。阑干:纵横交错的样子。这里形容泪痕满面。

(62)凝睇(dì):凝视。

(63)昭阳殿:汉成帝宠妃赵飞燕的寝宫。此借指杨贵妃住过的宫殿。

(64)蓬莱宫:传说中的海上仙山。这里指贵妃在仙山的居所。

(65)人寰(huán):人间。

(66)旧物:指生前与玄宗定情的信物。

(67)寄将去:托道士带回。

(68)钗留二句:把金钗、钿盒分成两半,自留一半。擘:分开。合分钿:将钿盒上的图案分成两部分。

(69)重寄词:贵妃在告别是重又托他捎话。

(70)两心知:只有玄宗、贵妃二人心里明白。

(71)长生殿:在骊山华清宫内,天宝元年(742)造。按"七月"以下六句为作者虚拟之词。陈寅恪在《元白诗笺证稿·长恨歌》中云:"长生殿七夕私誓之为后来增饰之物语,并非当时真确之事实"。"玄宗临幸温汤必在冬季、春初寒冷之时节。今详检两唐书玄宗记无一次于夏日炎暑时幸骊山。"而所谓长生殿者,亦非华清宫之长生殿,而是长安皇宫寝殿之习称。

(72)比翼鸟:传说中的鸟名,据说只有一目一翼,雌雄并在一起才能飞。

(73)连理枝:两株树木树干相抱。古人常用此二物比喻情侣相爱、永不分离。

(74)恨:遗憾。绵绵:连绵不断。

# 忆江南[1]

## 白居易

江南好,风景旧曾谙[2]。

日出江花红胜火[3],春来江水绿如蓝[4],能不忆江南?

【说明】

忆江南,本为唐教坊曲名,后用作词牌。诗人曾写下三首《忆江南》词,这是第一首。白居易曾经担任杭州刺史,在杭州两年,后来又担任苏州刺史，仕期也一年有余。在其青年时期，曾漫游江南，旅居苏杭，他对江南有着相当的了解，故此江南在他的心目中留有深刻印象。当他因病卸任苏州刺史，回到洛阳后十余年，写下了三首《忆江南》，抒发了对江南的满腔热爱之情。

【注释】

(1)江南：主要是长江下游的江浙一带。

(2)谙(ān)：熟悉。作者年轻时曾三次到过江南。

(3)江花：江边的花朵。一说指江中的浪花。红胜火：颜色鲜红胜过火焰。

(4)绿如蓝：绿得比蓝还要绿。如：用法犹“于”，有胜过的意思。蓝：蓝草，其叶可制青绿染料。

## 观刈麦(1)

### 白居易

田家少闲月，五月人倍忙。
夜来南风起，小麦覆陇黄(2)。
妇姑荷箪食(3)，童稚携壶浆(4)，
相随饷田去(5)，丁壮在南冈(6)。
足蒸暑土气，背灼炎天光(7)，
力尽不知热，但惜夏日长(8)。
复有贫妇人，抱子在其旁(9)，
右手秉遗穗(10)，左臂悬敝筐(11)。
听其相顾言(12)，闻者为悲伤(13)。
家田输税尽(14)，拾此充饥肠。
今我何功德(15)，曾不事农桑(16)。
吏禄三百石(17)，岁晏有余粮(18)。
念此私自愧(19)，尽日不能忘(20)。

【说明】

这是白居易诗中最早反映农民疾苦的一首，诗中对农民的辛勤劳动和苦难生活都作了真实而形象的描绘，并把自己放进去和他们作对比，从而看出作者深切同情农民、反对残酷的经济剥削的思想。

【注释】

(1)刈(yì)：割。题下注"时任盩厔县尉"。

(2)覆(fù)陇(lǒng)黄：小麦黄熟时遮盖住了田埂。覆：盖。陇：同"垄"，这里指农田中种植作物的土埂，这里泛指麦地。

(3)妇姑：媳妇和婆婆，这里泛指妇女。荷(hè)箪(dān)食(shí)：用竹篮盛的饭。荷：背负，肩担。箪食：装在箪笥里的饭食。《左传·宣公二年》："而为之箪食与肉，寘诸橐以与之。"

(4)童稚(zhì)携壶浆(jiāng)：小孩子提着用壶装的汤与水。浆：古代一种略带酸味的饮品，有时也可以指米酒或汤。

(5)饷(xiǎng)田：给在田里劳动的人送饭。前蜀韦庄《纪村事》诗："数声牛上笛，何处饷田归？"

(6)丁壮：青壮年男子。《史记·循吏列传》："(子产)治郑二十六年而死，丁壮号哭，老人儿啼，曰：'子产去我死乎！民将安归？'"南冈(gāng)：地名。

(7)足蒸暑土气，背灼炎天光：双脚受地面热气熏蒸，脊背受炎热的阳光烘烤。

(8)但：只。惜：盼望。

(9)其：指代正在劳动的农民。

(10)秉(bǐng)遗穗：拿着从田里拾取的麦穗。秉：拿着。遗穗：指收获农作物后遗落在田的谷穗。

(11)悬：挎着。敝(bì)筐：破篮子。

(12)相顾言：互相看着诉说。顾：视，看。

(13)闻者：白居易自指。为(wèi)悲伤：为之悲伤(省略"之")。

(14)输税(shuì)：缴纳租税。输：送达，引申为缴纳，献纳。《梁书·张充传》："半顷之地，足以输税，五亩之宅，树以桑府。"

(15)我：指作者自己。

(16)曾(céng)不事农桑：一直不从事农业生产。曾：一直、从来。事：从事。农桑：农耕和蚕桑。

(17)吏(lì)禄(lù)三百石(dàn)：当时白居易任周至县尉，一年的薪俸大约是三百石米。石:古代容量单位,十斗为一石。吏禄:官吏的俸禄。《史记·平准书》:"量吏禄,度官用,以赋于民。"

(18)岁晏(yàn):一年将尽的时候。晏:晚。

(19)念此:想到这些。

(20)尽日:整天,终日。

## 钱塘湖春行(1)

### 白居易

孤山寺北贾亭西(2),水面初平云脚低(3)。
几处早莺争暖树(4),谁家新燕啄春泥(5)。
乱花渐欲迷人眼(6),浅草才能没马蹄(7)。
最爱湖东行不足(8),绿杨阴里白沙堤(9)。

**【说明】**

唐穆宗长庆二年(822)七月,白居易被任命为杭州刺史,唐敬宗宝历元年(825)三月又出任苏州刺史。这首《钱塘湖春行》当作于长庆三、四年(823、824)间的春天。此诗通过对西湖早春明媚风光的描绘,抒发了作者早春游湖的喜悦,表达了作者对于自然之美的热爱之情,堪称吟咏西湖的名篇佳作。

**【注释】**

(1)钱塘湖:杭州西湖。

(2)孤山寺:南北朝时期陈文帝(522—565)初年建,名承福,宋时改名广华。孤山:在西湖的里、外湖之间,因与其他山不相接连,所以称孤山。上有孤山亭,可俯瞰西湖全景。贾亭:又叫贾公亭。西湖名胜之一,唐朝贾全所筑。唐贞元(唐德宗年号,785—805)中,贾全出任杭州刺史,于钱塘湖建亭。人称"贾亭"或"贾公亭",该亭至唐代末年。

(3)水面初平:湖水才同堤岸齐平,即春水初涨。初:在古汉语里用作副词,常用来表示时间,是指不久。云脚低:白云重重叠叠,同湖面上的波澜连成一片,看上去,浮云很低,所以说"云脚低"。点明春游起点和途径之处,着力描绘湖面景色。云脚:接近地面的云气,多见于将雨或雨初停时。"脚"的本义指人和动物行走的器官。这里指低垂的云。

(4)早莺:初春时早来的黄鹂。莺:黄鹂,鸣声婉转动听。争暖树:争着飞到向阳的树枝上去。暖树:向阳的树。

(5)新燕:刚从南方飞回来的燕子。啄:衔取。燕子衔泥筑巢。本句写春行仰观所见,莺歌燕舞,生机动人。侧重禽鸟。

(6)乱花:纷繁的花。渐:副词,渐渐地。欲:副词,将要,就要。迷人眼:使人眼花缭乱。

(7)浅草:浅浅的青草。才能:刚够上。没(mò):遮没,盖没。本句写春行俯察所见,花繁草嫩,春意盎然。侧重花草。浅浅的青草刚够没过马蹄。

(8)湖东:以孤山为参照物,白沙堤(即白堤)在孤山的东北面。行不足:百游不厌。足:满足。

(9)阴:同"荫",指树荫。白沙堤:今白堤,又称沙堤、断桥堤,在西湖东畔,唐朝以前已有。白居易在任杭州刺史时所筑白堤在钱塘门外,是另一条。

# 琵琶行(并序)

## 白居易

元和十年,予左迁[(1)]九江郡司马。明年秋,送客湓浦口,闻舟中夜弹琵琶者,听其音,铮铮[(2)]然有京都声[(3)]。问其人,本长安倡女[(4)],尝学琵琶于穆、曹二善才[(5)],年长色衰,委身[(6)]为[(7)]贾人[(8)]妇。遂命酒[(9)],使快[(10)]弹数曲。曲罢悯然,自叙少小时欢乐事,今漂沦[(11)]憔悴,转徙于江湖间。予出官[(12)]二年,恬然[(13)]自安,感斯人言,是夕始觉有迁谪[(14)]意。因为[(15)]长句[(16)],歌[(17)]以赠之,凡[(18)]六百一十六言[(19)],命[(20)]曰《琵琶行》。

浔阳江头夜送客[(21)],枫叶荻花秋瑟瑟[(22)]。
主人下马客在船[(23)],举酒欲饮无管弦。
醉不成欢惨将别,别时茫茫江浸月。
忽闻水上琵琶声,主人忘归客不发。
寻声暗问弹者谁?琵琶声停欲语迟。
移船相近邀相见,添酒回灯重开宴[(24)]。
千呼万唤始出来,犹抱琵琶半遮面。

转轴拨弦三两声，未成曲调先有情。
弦弦掩抑声声思[25]，似诉平生不得志。
低眉信手续续弹[26]，说尽心中无限事。
轻拢慢捻抹复挑[27]，初为《霓裳》后《六幺》[28]。
大弦嘈嘈如急雨[29]，小弦切切如私语[30]。
嘈嘈切切错杂弹，大珠小珠落玉盘。
间关莺语花底滑[31]，幽咽泉流冰下难[32]。
冰泉冷涩弦凝绝[33]，凝绝不通声暂歇。
别有幽愁暗恨生[34]，此时无声胜有声。
银瓶乍破水浆迸[35]，铁骑突出刀枪鸣。
曲终收拨当心画[36]，四弦一声如裂帛[37]。
东船西舫悄无言[38]，唯见江心秋月白。
沉吟放拨插弦中，整顿衣裳起敛容[39]。
自言本是京城女，家在虾蟆陵下住[40]。
十三学得琵琶成，名属教坊第一部[41]。
曲罢曾教善才服，妆成每被秋娘妒[42]。
五陵年少争缠头[43]，一曲红绡不知数[44]。
钿头银篦击节[45]碎，血色罗裙翻酒污。
今年欢笑复明年，秋月春风等闲度[46]。
弟走从军阿姨死，暮去朝来颜色故[47]。
门前冷落鞍马稀，老大嫁作商人妇。
商人重利轻别离，前月浮梁买茶去[48]。
去来江口守空船[49]，绕船月明江水寒。
夜深忽梦少年事，梦啼妆泪红阑干[50]。
我闻琵琶已叹息，又闻此语重唧唧[51]。
同是天涯沦落人，相逢何必曾相识！
我从去年辞帝京，谪居卧病浔阳城。

浔阳地僻无音乐，终岁不闻丝竹声。
住近湓江地低湿，黄芦苦竹绕宅生。
其间旦暮闻何物？杜鹃啼血猿哀鸣。
春江花朝秋月夜，往往取酒还独倾。
岂无山歌与村笛？呕哑嘲哳难为听(52)。
今夜闻君琵琶语(53)，如听仙乐耳暂明(54)。
莫辞更坐弹一曲，为君翻作琵琶行。
感我此言良久立，却坐促弦弦转急(55)。
凄凄不似向前声(56)，满座重闻皆掩泣(57)。
座中泣下谁最多？江州司马青衫湿(58)。

【说明】

这是一首歌行体的长诗，诗人通过对琵琶女高超的弹奏技艺的描写和悲凉身世的叙述，表达了对琵琶女的深切同情，同时抒发了自己“同是天涯沦落人”的苦闷与感慨。全诗主题鲜明，脉络清晰，情感真挚，文辞优美，尤其是对音乐的描绘，显示出诗人高超的艺术造诣。

【注释】

(1)左迁：贬官，降职。与下文所言“迁谪”同义。古人尊右卑左，故称降职为左迁。

(2)铮铮：形容金属、玉器等相击声。

(3)京都声：指唐代京城流行的乐曲声调。

(4)倡女：歌女。倡：古时歌舞艺人。

(5)善才：当时对琵琶师或曲师的通称。是“能手”的意思。

(6)委身：托身，这里指嫁的意思。

(7)为：做。

(8)贾(gǔ)人：商人。

(9)命酒：叫(手下人)摆酒。

(10)快：畅快。

(11)漂沦：漂泊沦落。

(12)出官：(京官)外调。

(13)恬然：淡泊宁静的样子。

(14)迁谪(zhé)：贬官降职或流放。

(15)为:创作。

(16)长句:指七言诗。

(17)歌:作歌,动词。

(18)凡:总共。

(19)言:字。

(20)命:命名,题名。

(21)浔阳江:据考究,为流经浔阳城中的湓水,即今江西省九江市中的龙开河(97 年被人工填埋),经湓浦口注入长江。

(22)荻(dí)花:多年生草本植物,生在水边,叶子长形,似芦苇,秋天开紫花。瑟瑟:形容枫树、芦荻被秋风吹动的声音。

(23)主人:诗人自指。

(24)回灯:重新拨亮灯光。回:再。一说移灯。

(25)掩抑:掩蔽,遏抑。思:悲伤的情思。

(26)信手:随手。续续弹:连续弹奏。

(27)拢:左手手指按弦向里(琵琶的中部)推。捻:揉弦的动作。抹:顺手下拨的动作。挑:反手回拨的动作。

(28)《霓裳》:《霓裳羽衣曲》,本为西域乐舞,唐开元年间西凉节度使杨敬述依曲创声后流入中原。《六幺》:大曲名,又叫《乐世》《绿腰》《录要》,为歌舞曲。

(29)大弦:琵琶上最粗的弦。嘈嘈:声音沉重抑扬。

(30)小弦:琵琶上最细的弦。切切:形容声音急切细碎。

(31)间关:象声词,这里形容"莺语"声(鸟鸣婉转)。

(32)幽咽:遏塞不畅状。冰下难:泉流冰下阻塞难通,形容乐声由流畅变为冷涩。难,与滑相对,有涩之意。

(33)凝绝:凝滞。

(34)暗恨:内心的怨恨。

(35)迸:溅射。

(36)曲终:乐曲结束。当心画:用拨子在琵琶的中部划过四弦,是一曲结束时经常用到的右手手法。

(37)帛:古时对丝织品的总称。

(38)舫:船。

(39)敛容:收敛(深思时悲愤深怨的)面部表情。

(40)虾(há)蟆陵:"虾"通"蛤"。在长安城东南,曲江附近,是当时有名的游乐地区。

(41)教坊:唐代管理宫廷乐队的官署。第一部:如同说第一团、第一队。

(42)秋娘:唐时歌舞妓常用的名字。泛指当时貌美艺高的歌伎。

(43)五陵:在长安城外,指长陵、安陵、阳陵、茂陵、平陵五个汉代皇帝的陵墓,是当时富豪居住的地方。缠头:用锦帛之类的财物送给歌舞妓女。指古代赏给歌舞女子的财礼,唐代用帛,后代用其他财物。

(44)绡:精细轻美的丝织品。红绡:一种生丝织物。

(45)钿(diàn)头:两头装着花钿的发篦;银篦(bì):一说"云篦",用金翠珠宝装点的首饰。击节:打拍子。歌舞时打拍子原本用木制或竹制的板

(46)等闲:随随便便,不重视。

(47)颜色故:容貌衰老。

(48)浮梁:古县名,唐属饶州。在今江西省景德镇市,盛产茶叶。

(49)去来:离别后。来:语气词。

(50)梦啼妆泪:梦中啼哭,匀过脂粉的脸上带着泪痕。红阑干:泪水融和脂粉流淌满面的样子。

(51)重:重新,重又之意。唧唧:叹声。

(52)呕哑嘲哳(zhāo zhā):呕哑,拟声词,形容单调的乐声;嘲:形容声音繁杂,也作啁哳。

(53)琵琶语:琵琶声,琵琶所弹奏的乐曲。

(54)暂:突然,一下子。

(55)却坐:退回到原处。促弦:把弦拧得更紧。

(56)向前声:刚才奏过的单调。

(57)掩泣:掩面哭泣。

(58)青衫:唐朝八品、九品文官的服色。白居易当时的官阶是将侍郎,从九品,所以服青衫。

## 闻乐天授江州司马(1)

### 元　稹

残灯无焰影幢幢(2),此夕闻君谪九江(3)。

垂死病中惊坐起(4),暗风吹雨入寒窗。

【说明】

元稹(779—831),唐代诗人。字微之,今河南洛阳人。唐德宗贞元九年(793)举明经科,贞元十九年(803)举书判拔萃科,曾任监察御史。与白居易友善,常相唱和,共同倡导新乐府运动,世称"元白"。这首诗创作于诗人得知白居易遭贬之后。此诗以景衬情,叙事抒情,表现作者对白居易的一片殷殷之情。

【注释】

(1)授:授职,任命。江州:即九江郡,治所在今江西省九江市。司马:官名。唐代以司马为州刺史的辅佐之官,协助处理州务。

(2)残灯:快要熄灭的灯。焰:火苗。幢(chuáng)幢:灯影昏暗摇曳之状。

(3)夕:夜。谪:古代官吏因罪被降职或流放。

(4)垂死:病危。

# 菊　花

## 元　稹

秋丛绕舍似陶家(1),遍绕篱边日渐斜(2)。
不是花中偏爱菊,此花开尽更无花(3)。

【说明】

这首七言绝句诗,虽然写的是咏菊这个寻常的题材,但用笔巧妙,别具一格,诗人独特的爱菊理由新颖自然,不落俗套,并且发人思考。诗人没有正面写菊花,却通过爱菊,侧面烘托它的优秀品格,美妙灵动,意趣盎然。该诗取陶诗的意境,且也以淡雅朴素的语言吟咏,便不似陶公全用意象,蕴藉之至;而是在描绘具象之后,以自述的方式道出爱菊之由而又不一语说尽,留下了想象空间去回味咀嚼,这就增强了它的艺术感染力。

【注释】

(1)秋丛:指丛丛秋菊。舍(shè):居住的房子。陶家:陶渊明的家。陶:指东晋诗人陶渊明。

(2)遍绕:环绕一遍。篱(lí):篱笆。日渐斜(xiá):太阳渐渐落山。斜:倾斜。因古诗须与上一句押韵,所以应读 xiá。

(3)尽:完。更(gèng):再。

# 离思(其四)

## 元　稹

曾经沧海难为水[(1)],除却巫山不是云[(2)]。
取次花丛懒回顾[(3)],半缘修道半缘君[(4)]。

【说明】

这首诗最突出的特色,就是采用巧比曲喻的手法,淋漓尽致地表达了主人公对已经失去的心上人的深深恋情。它接连用水、用云、用花比人,写得曲折委婉,含而不露,意境深远,耐人寻味。

【注释】

(1)曾经:曾经历过。曾:副词。经:经历。沧海:大海。因海水呈苍青色,故称沧海。

(2)除却:除了。

(3)取次:循序而进。

(4)半缘:一半因为。修道:作者既信佛也信道,但此处指的是品德学问的修养。

# 悯农二首[(1)]

## 李　绅

### 其一

春种一粒粟[(2)],秋收万颗子[(3)]。
四海无闲田[(4)],农夫犹饿死[(5)]。

### 其二

锄禾日当午[(6)],汗滴禾下土。

谁知盘中餐[7]，粒粒皆辛苦？

【说明】

李绅(772—846)，字公垂。祖籍亳州谯县(今安徽省亳州市谯城区)。唐代诗人。李绅与元稹、白居易交游甚密，为新乐府运动的参与者。

这组诗深刻地反映了中国封建时代农民的生存状态。第一首诗具体而形象地描绘了到处硕果累累的景象，突出了农民辛勤劳动获得丰收却两手空空、惨遭饿死的现实问题；第二首诗描绘了在烈日当空的正午农民田里劳作的景象，概括地表现了农民终年辛勤劳动的生活，最后以"谁知盘中餐，粒粒皆辛苦"这样蕴意深远的格言，表达了诗人对农民真挚的同情之心。这组诗选取了比较典型的生活细节和人们熟知的事实，集中地刻画了当时社会的矛盾。

【注释】

(1)悯：怜悯。这里有同情的意思。诗一作《古风二首》。这两首诗的排序各版本有所不同。

(2)粟：泛指谷类。

(3)秋收：一作"秋成"。子：指粮食颗粒。

(4)四海：指全国。闲田：没有耕种的田。

(5)犹：仍然。

(6)禾：谷类植物的统称。

(7)餐：一作"飧"。熟食的通称。

## 李凭箜篌引[1]

### 李　贺

吴丝蜀桐张高秋[2]，空山凝云颓不流[3]。
江娥啼竹素女愁[4]，李凭中国弹箜篌[5]。
昆山玉碎凤凰叫[6]，芙蓉泣露香兰笑[7]。
十二门前融冷光[8]，二十三丝动紫皇[9]。
女娲炼石补天处[10]，石破天惊逗秋雨[11]。
梦入神山教神妪[12]，老鱼跳波瘦蛟舞[13]。

吴质不眠倚桂树(14)，露脚斜飞湿寒兔(15)。

【说明】

李贺(约791—约817)，字长吉，汉族，唐代河南福昌(今河南洛阳宜阳县)人，后世称李昌谷，与李白、李商隐称为唐代三李，是中唐的浪漫主义诗人，有“诗鬼”之称。他是与“诗圣”杜甫、“诗仙”李白、“诗佛”王维齐名的唐代著名诗人，是中唐到晚唐诗风转变期的代表者。

这首诗运用一连串的比喻传神地再现了乐工李凭创造的诗意浓郁的音乐境界，生动地记录下李凭弹奏箜篌的高超技艺，也表现了作者对乐曲的深刻理解和丰富的艺术想象力。

【注释】

(1)李凭：当时的梨园艺人，善弹奏箜篌。杨巨源《听李凭弹箜篌》诗曰：“听奏繁弦玉殿清，风传曲度禁林明。君王听乐梨园暖，翻到《云门》第几声?”“花咽娇莺玉嗽泉，名高半在玉筵前。汉王欲助人间乐，从遣新声坠九天。”箜篌引：乐府旧题，属《相和歌·瑟调曲》。箜篌：古代弦乐器。又名空侯、坎侯。形状有多种。据诗中“二十三丝”，可知李凭弹的是竖箜篌。引：一种古代诗歌体裁，篇幅较长，音节、格律一般比较自由，形式有五言、七言、杂言。

(2)吴丝蜀桐：吴地之丝，蜀地之桐。此指制作箜篌的材料。张：调好弦，准备调奏。高秋：指弹奏时间。这句说在深秋天气弹奏起箜篌。

(3)空山：一作“空白”。《列子·汤问》：“秦青抚节悲歌，响遏行云”。此句言山中的行云因听到李凭弹奏的箜篌声而凝定不动了。

(4)江娥：一作“湘娥”。李衎《竹谱详录》卷六：“泪竹生全湘九疑山中……《述异记》云：‘舜南巡，葬于苍梧，尧二女娥皇、女英泪下沾竹，文悉为之斑。’一名湘妃竹。”素女：传说中的神女。《汉书·郊祀志上》：“秦帝使素女鼓五十弦瑟，帝禁不止，故破其瑟为二十五弦。”这句说乐声使江娥、素女都感动了。

(5)中国：国之中央，意谓在京城。

(6)昆山玉碎凤凰叫：昆仑玉碎，形容乐音清脆。昆山：即昆仑山。凤凰叫：形容乐音和缓。

(7)芙蓉泣露香兰笑：形容乐声时而低回，时而轻快。

(8)十二门：长安城东西南北每一面各三门，共十二门，故言。这句是说清冷的乐声使人觉得长安城沉浸在寒光之中。

(9)二十三丝：《通典》卷一百四十四：“竖箜篌，胡乐也，汉灵帝好之，体曲而长，二十三弦。竖抱于怀中，用两手齐奏，俗谓之擘箜篌。”紫皇：道教称天上最尊的神为“紫皇”。这里用来指皇帝。

（10）女娲：中华上古之神，人首蛇身，为伏羲之妹，风姓。《淮南子·览冥训》和《列子·汤问》载有女娲炼五色石补天故事。

（11）石破天惊逗秋雨：补天的五色石（被乐音）震破，引来了一场秋雨。逗：引。

（12）神山：一作“坤山”。神妪（yù）：《搜神记》卷四：“永嘉中，有神现兖州，自称樊道基。有妪号成夫人。夫人好音乐，能弹箜篌，闻人弦歌，辄便起舞。”所谓“神妪”，疑用此典。从这句以下写李凭在梦中将他的绝艺教给神仙，惊动了仙界。

（13）老鱼跳波：鱼随着乐声跳跃。源自《列子·汤问》：“瓠巴鼓琴而鸟舞鱼跃。”

（14）吴质：即吴刚。《酉阳杂俎》卷一：“旧言月中有桂，有蟾蜍。故异书言月桂高五百丈，下有一人常斫之，树创随合。人姓吴名刚，西河人，学仙有过，谪令伐树。”

（15）露脚：露珠下滴的形象说法。寒兔：指秋月，传说月中有玉兔，故称。

## 雁门太守行[(1)]

### 李　贺

黑云压城城欲摧[(2)]，甲光向日金鳞开[(3)]。
角声满天秋色里[(4)]，塞上燕脂凝夜紫[(5)]。
半卷红旗临易水[(6)]，霜重鼓寒声不起[(7)]。
报君黄金台上意[(8)]，提携玉龙为君死[(9)]。

**【说明】**

这首诗是诗人运用乐府古题创作的一首描写战争场面的诗歌。此诗用浓艳斑驳的色彩描绘悲壮惨烈的战斗场面，奇异的画面准确地表现了特定时间、特定地点的边塞风光和瞬息万变的战争风云。全诗意境苍凉，格调悲壮，具有强烈的震撼力和独特的艺术魅力。

【注释】

(1)雁门太守行:古乐府曲调名。雁门,郡名。古雁门郡大约在今山西省西北部,是唐王朝与北方突厥部族的边境地带。

(2)黑云:此形容战争烟尘铺天盖地,弥漫在边城附近,气氛十分紧张。摧:毁。甲光:指铠甲迎着太阳发出的闪光。金鳞:是说像金色的鱼鳞。这句形容敌军兵临城下的紧张气氛和危急形势。

(3)甲光:铠甲迎着太阳闪出的光。甲,指铠甲,战衣。向日:迎着太阳。亦有版本写作“向月”。向:向着,对着。金鳞开:(铠甲)像金色的鱼鳞一样闪闪发光。金:像金子一样的颜色和光泽。开:打开,铺开。

(4)角:古代军中一种吹奏乐器,多用兽角制成,也是古代军中的号角。

(5)塞上燕脂凝夜紫:燕脂,即胭脂,这里指暮色中塞上泥土有如胭脂凝成。凝夜紫:在暮色中呈现出暗紫色。凝:凝聚。“燕脂”“夜紫”暗指战场血迹。

(6)临:逼近,到,临近。易水:河名,大清河上源支流,源出今河北省易县,向东南流入大清河。易水距塞上尚远,此借荆轲故事以言悲壮之意。战国时荆轲前往刺秦王,燕太子丹及众人送至易水边,荆轲慷慨而歌:“风萧萧兮易水寒,壮士一去兮不复还!”不起:是说鼓声低沉不扬。

(7)霜重鼓寒:天寒霜降,战鼓声沉闷而不响亮。声不起:形容鼓声低沉;不响亮。此句一作“霜重鼓声寒不起”。

(8)报:报答。黄金台:故址在今河北省易县东南,相传战国燕昭王所筑。《战国策·燕策》载燕昭王求士,筑高台,置黄金于其上,广招天下人才。意:信任,重用。

(9)玉龙:宝剑的代称。君:君王。

## 过华清宫(1)

### 杜　牧

长安回望绣成堆(2),山顶千门次第开(3)。

一骑红尘妃子笑(4),无人知是荔枝来(5)。

【说明】

杜牧(803—约852),字牧之,号樊川居士,汉族,京兆万年(今陕西西安)人。唐代杰出的诗人、散文家,唐文宗大和二年进士。因晚年居长安南樊川别墅,故后世称“杜樊川”,著有《樊川文集》。杜牧人称“小杜”,以别于杜甫“大杜”。与李商隐并称“小李杜”。

《过华清宫》是诗人的组诗作品,本诗是其中一首。这首诗借古讽今,选取了唐玄宗不惜劳民伤财为杨贵妃供应荔枝的典型事件,既巧妙地总结了历史,又深刻地讽喻了现实,表达了诗人对最高统治者的穷奢极欲、荒淫误国的无比愤慨之情。

【注释】

(1)华清宫:《元和郡县志》:“华清宫在骊山上,开元十一年初置温泉宫。天宝六年改为华清宫。又造长生殿,名为集灵台,以祀神也。”

(2)绣成堆:骊山右侧有东绣岭,左侧有西绣岭。唐玄宗在岭上广种林木花卉,郁郁葱葱。

(3)千门:形容山顶宫殿壮丽,门户众多。次第:依次。

(4)红尘:这里指飞扬的尘土。妃子:指杨贵妃。乐史《杨太真外传》:“上曰:‘赏名花,对妃子,焉用旧乐词!’”《新唐书·李贵妃传》:“妃嗜荔枝,必欲生致之,乃置骑传送,走数千里,味未变已至京师。”《唐国史补》:“杨贵妃生于蜀,好食荔枝,南海所生,尤胜蜀者,故每岁飞驰以进。然方暑而熟,经宿则败,后人皆不知之。”按:此诗或为写意之作,意在讽刺玄宗宠妃之事,不可一一求诸史实。在唐代,岭南荔枝无法运到长安一带,故自苏轼即言“此时荔枝自涪州致之,非岭南也”(《通鉴唐纪》注)。而荔枝成熟的季节,玄宗和贵妃必不在骊山。玄宗每年冬十月进驻华清宫,次年春即回长安。《程氏考古编》亦辨其谬,近人陈寅恪亦复考证之。

(5)知是:一作“知道”。

## 山　行(1)

### 杜　牧

远上寒山石径斜(2),白云生处有人家(3)。

停车坐爱枫林晚(4),霜叶红于二月花(5)。

【说明】

这是一首描写和赞美深秋山林景色的七言绝句。这首诗描绘的是秋之色，展现出一幅动人的山林秋色图，山路、人家、白云、红叶，构成一幅和谐统一的画面。在这首诗中，诗人以情驭景，敏捷、准确地捕捉体现自然美的形象，并把自己的情感融汇其中，使情感美与自然美水乳交融，情景互为一体。全诗构思新颖，布局精巧，于萧瑟秋风中摄取绚丽秋色，与春光争胜，令人赏心悦目。这首小诗即兴咏景，咏物言志，是诗人精神世界的表露。

【注释】

(1)山行：在山中行走。

(2)远上：登上远处的。寒山：深秋季节的山。石径：石子的小路。斜：为倾斜的意思。

(3)深：一作“生”。（“深”可理解为在云雾缭绕的深处；“生”可理解为在形成白云的地方）

(4)车：轿子。坐：因为。

(5)霜叶：枫树的叶子经深秋寒霜之后变成了红色。枫林晚：傍晚时的枫树林。红于：比……更红，本文指霜叶红于二月花。

## 清　明

### 杜　牧

清明时节雨纷纷(1)，路上行人欲断魂(2)。
借问酒家何处有(3)？牧童遥指杏花村(4)。

【说明】

这首诗是诗人任池州刺史时所做。此诗写清明春雨中所见，色彩清淡，心境凄冷，历来广为传诵。

【注释】

(1)清明：二十四节气之一，在阳历四月五日前后。旧俗当天有扫墓、踏青、插柳等活动。宫中以当天为秋千节，坤宁宫及各后宫都安置秋千，嫔妃做秋千之戏。纷纷：形容多。

(2)欲断魂：形容伤感极深，好像灵魂要与身体分开一样。断魂：神情凄迷，烦闷不乐。这两句是说，清明时候，阴雨连绵，飘飘洒洒下个不停；如此天气，如此节日，路上行人情绪低落，神魂散乱。

(3)借问：请问。

(4)杏花村:杏花深处的村庄,位于南京市秦淮区凤台山一带。受此诗影响,后人多用"杏花村"作酒店名。

## 江南春

### 杜 牧

千里莺啼绿映红(1),水村山郭酒旗风(2)。
南朝四百八十寺(3),多少楼台烟雨中(4)。

【说明】

这首诗以轻快的文字,极具概括性的语言描绘了一幅生动形象、丰富多彩的江南春画卷,呈现出一种深邃幽美的意境,表达出一缕缕含蓄深蕴的情思,千百年来素负盛誉。

【注释】

(1)莺啼:莺啼燕语。

(2)郭:外城。此处指城镇。酒旗:一种挂在门前以作为酒店标记的小旗。

(3)南朝:指先后与北朝对峙的宋、齐、梁、陈政权。四百八十寺:南朝皇帝和大官僚好佛,在京城(今南京市)大建佛寺。据《南史·循吏·郭祖深传》说:"都下佛寺五百余所"。这里说四百八十寺,是虚数。

(4)楼台:楼阁亭台。此处指寺院建筑。烟雨:细雨蒙蒙,如烟如雾。

## 秋 夕(1)

### 杜 牧

银烛秋光冷画屏(2),轻罗小扇扑流萤(3)。
天阶夜色凉如水(4),坐看牵牛织女星(5)。

【说明】

这是一首宫怨诗。描写了一名孤单的宫女,于七夕之夜,仰望天河两侧的牛郎织女,不时扇扑流萤,排遣心中寂寞,反映了宫廷妇女不幸的命运,表现了一位宫女举目无亲、百无聊赖的苦闷心情。

【注释】

(1)秋夕:秋天的夜晚。

(2)银烛:银色而精美的蜡烛。银,一作“红”。画屏:画有图案的屏风。

(3)轻罗小扇:轻巧的丝质团扇。流萤:飞动的萤火虫。

(4)天阶:露天的石阶。天,一作“瑶”。

(5)坐看:坐着朝天看。坐:一作“卧”。牵牛织女星:两个星座的名字,指牵牛星、织女星。亦指古代神话中的人物牵牛和织女。

# 赤　壁

## 杜　牧

折戟沉沙铁未销(1),自将磨洗认前朝(2)。
东风不与周郎便(3),铜雀春深锁二乔(4)。

【说明】

这首诗是诗人经过赤壁(今湖北省武昌县西南赤矶山)这个著名的古战场,有感于三国时代的英雄成败而写下的。诗人即物感兴,托物咏史,点明赤壁之战关系到国家存亡、社稷安危,同时暗指自己胸怀大志不被重用。

【注释】

(1)折戟:折断的戟。戟,古代兵器。销:销蚀。

(2)将:拿起。磨洗:磨光洗净。认前朝:认出戟是东吴破曹时的遗物。

(3)东风:指火烧赤壁事。周郎:指周瑜,字公瑾,年轻时即有才名,人乎周郎。后任吴军大都督。

(4)铜雀:铜雀台,曹操在今河北省临漳县建造的一座楼台,楼顶里有大铜雀,台上住姬妾歌妓,是曹操暮年行乐处。二乔:东吴乔公的两个女儿,一嫁前国主孙策(孙权兄),称大乔,一嫁军事统帅周瑜,称小乔,合称“二乔”。

# 泊秦淮[1]

## 杜 牧

烟笼寒水月笼沙[2]，夜泊秦淮近酒家[3]。
商女不知亡国恨[4]，隔江犹唱后庭花[5]。

【说明】

这首诗是诗人夜泊秦淮时触景感怀之作，前两句写秦淮夜景，后两句抒发感慨，借陈后主（陈叔宝）因追求荒淫享乐终至亡国的历史，讽刺那些不从中汲取教训而醉生梦死的晚唐统治者，表现了作者对国家命运的无比关怀和深切忧虑。

【注释】

（1）秦淮：秦淮河，发源于江苏句容大茅山与溧水东庐山两山间，经南京流入长江。相传为秦始皇南巡会稽时开凿的，用来疏通淮水，故称秦淮河。历代均为繁华的游赏之地。

（2）烟：烟雾。

（3）泊：停泊。

（4）商女：以卖唱为生的歌女。

（5）后庭花：歌曲《玉树后庭花》的简称。南朝陈皇帝陈叔宝（即陈后主）溺于声色，作此曲与后宫美女寻欢作乐，终致亡国，所以后世把此曲作为亡国之音的代表。

# 菩萨蛮·小山重叠金明灭[1]

## 温庭筠

小山重叠金明灭[2]，鬓云欲度香腮雪[3]。
懒起画蛾眉[4]，弄妆梳洗迟[5]。
照花前后镜，花面交相映。
新帖绣罗襦[6]，双双金鹧鸪[7]。

【说明】

温庭筠(约812—866)唐代诗人、词人。本名岐,字飞卿,汉族,唐代并州祁县(今山西省晋中市祁县)人。精通音律。作诗凡信叉手而八韵成,时号“温八叉”,诗与李商隐齐名,世称“温李”。其词艺术成就在晚唐诸词人之上,为“花间派”首要词人,对词的发展影响较大。在词史上,与韦庄齐名,并称“温韦”。

本词写女子起床梳洗时的娇慵姿态,以及妆成后的情态,暗示了人物孤独寂寞的心境。全词把妇女的容貌写得很美丽,服饰写得很华贵,体态也写得十分娇柔,仿佛描绘了一幅唐代仕女图。

【注释】

(1)菩萨蛮,唐教坊曲名,后用为词牌,属小令。

(2)小山:指屏风上的图案,由于屏风是折叠的,所以说小山重叠。一说小山是眉妆的名目,指小山眉,弯弯的眉毛。晚唐五代,此样盛行,见于《海录碎事》,为“十眉”之一式。金明灭:形容阳光照在屏风上金光闪闪的样子。一说描写女子头上插戴的饰金小梳子重叠闪烁的情形,或指女子额上涂成梅花图案的额黄有所脱落而或明或暗。金,指唐时妇女眉际妆饰之“额黄”。明灭,隐现明灭的样子。

(3)鬓云:像云朵似的鬓发,形容发髻蓬松如云。欲度:将掩未掩的样子。度:覆盖,过掩,形容鬓角延伸向脸颊,逐渐轻淡,像云影轻度。香腮雪:香雪腮,雪白的面颊。

(4)蛾眉:女子的眉毛细长弯曲像蚕蛾的触须,故称蛾眉。一说指元和以后叫浓阔的时新眉式“蛾翅眉”。

(5)弄妆:梳妆打扮,修饰仪容。

(6)贴绣:苏绣中的一种工艺。罗襦(rú):丝绸短袄。襦,短上衣。

(7)金鹧(zhè)鸪(gū):贴绣上去的鹧鸪图,说的是当时的衣饰,就是用金线绣好花样,再绣贴在衣服上,谓之“贴金”。

## 商山[1]早行

### 温庭筠

晨起动征铎[2],客行悲故乡。

鸡声茅店月，人迹板桥霜。
槲叶落山路[3]，枳花明(照)驿墙[4]。
因思杜陵梦[5]，凫雁满回塘[6]。

【说明】

这首诗当是诗人离开长安赴襄阳投奔徐商经过商山时所作。此诗描写了旅途中寒冷凄清的早行景色，抒发了游子在外的孤寂之情和浓浓的思乡之意，字里行间流露出人在旅途的失意和无奈。

【注释】

(1)商山：山名，又名尚阪、楚山，在今陕西商洛市东南山阳县与丹凤县辖区交会处。作者曾于大中(唐宣宗年号，847—860)末年离开长安，经过这里。

(2)动征铎(duó)：震动出行的铃铛。征铎：车行时悬挂在马颈上的铃铛。铎：大铃。

(3)槲(hú)：陕西山阳县盛长的一种落叶乔木。叶子在冬天虽枯而不落，春天树枝发芽时才落。每逢端午用这种树叶包出的槲叶粽也成了当地特色。

(4)枳花明驿墙：个别版本(如人教版《语文》九年级上册“课外古诗词背诵”)作“枳花照驿墙”，有人认为“照”是错误的(见《枳花明驿墙——人教版〈语文〉九年级上册指瑕》)。枳(zhǐ)：也叫“臭橘”，一种落叶灌木或小乔木。春天开白花，果实似橘而略小，酸不可吃，可用作中药。明：使……明艳。驿(yì)墙：驿站的墙壁。驿：古时候递送公文的人或来往官员暂住、换马的处所。这句意思是说：枳花鲜艳地开放在驿站墙边。

(5)杜陵：地名，在长安城南(今陕西西安东南)，古为杜伯国，秦置杜县，汉宣帝筑陵于东原上，因名杜陵，这里指长安。作者此时从长安赴襄阳投友，途经商山。这句意思是说：因而想起在长安时的梦境。

(6)凫(fú)雁：凫，野鸭；雁，一种候鸟，春往北飞，秋往南飞。回塘：岸边曲折的池塘。这句写的就是“杜陵梦”的梦境。

# 望江南·梳洗罢[1]

## 温庭筠

梳洗罢[2]，独倚望江楼[3]。过尽千帆皆不是[4]，斜晖脉脉水悠悠[5]。肠断白蘋洲[6]。

【说明】

这是一首写闺怨的小令。此词以江水、远帆、斜阳为背景，截取倚楼凝望这一场景，以空灵疏荡之笔塑造了一个望夫盼归、凝愁含恨的思妇形象。

【注释】

(1)望江南，又名“梦江南”“忆江南”，原唐教坊曲名，后用为词牌名。

(2)梳洗：梳头、洗脸、化妆等妇女的生活内容。

(3)独：独自，单一。望江楼：楼名，因临江而得名。

(4)千帆：上千只帆船。帆：船上使用风力的布篷，又作船的代名词。皆：副词，都。

(5)斜晖：日落前的日光。晖：阳光。脉脉：含情凝视，情意绵绵的样子。这里形容阳光微弱。《古诗十九首》有“盈盈一水间，脉脉不得语”。后多用以示含情欲吐之意。

(6)肠断：形容极度悲伤愁苦。白蘋(pín)：水中浮草，色白。古时男女常采蘋花赠别。洲：水中的陆地。

# 锦　瑟

## 李商隐

锦瑟无端五十弦[2]，一弦一柱思华年。
庄生晓梦迷蝴蝶[3]，望帝春心托杜鹃[4]。
沧海月明珠有泪[5]，蓝田日暖玉生烟[6]。
此情可待成追忆，只是当时已惘然[7]。

【说明】

李商隐(约813—约858),字义山,号玉溪生,又号樊南生,祖籍怀州河内(今河南焦作沁阳),出生于郑州荥阳(今河南郑州荥阳市),晚唐著名诗人,和杜牧合称"小李杜",与温庭筠合称为"温李"。李商隐是晚唐乃至整个唐代,为数不多的刻意追求诗美的诗人。他擅长诗歌写作,骈文文学价值也很高,其诗构思新奇,风格瑰丽,尤其是一些爱情诗和无题诗写得缠绵悱恻,优美动人,广为传诵。

此诗是诗人最难索解的作品之一,诗家素有"一篇《锦瑟》解人难"的慨叹。诗人在诗中追忆了自己的青春年华,伤感自己不幸的遭遇,表达了悲慨、愤懑的心情。

【注释】

(1)锦瑟:装饰华美的瑟。瑟:拨弦乐器,通常二十五弦。

(2)无端:犹何故。怨怪之词。五十弦:这里是托古之词。作者的原意,当也是说锦瑟本应是二十五弦。

(3)"庄生"句:《庄子·齐物论》:"庄周梦为蝴蝶,栩栩然蝴蝶也;自喻适志与!不知周也。俄然觉,则蘧蘧然周也。不知周之梦为蝴蝶与?蝴蝶之梦为周与?"李商隐此引庄周梦蝶故事,以言人生如梦,往事如烟之意。

(4)"望帝"句:《华阳国志·蜀志》:"杜宇称帝,号曰望帝。……其相开明,决玉垒山以除水害,帝遂委以政事,法尧舜禅授之义,遂禅位于开明。帝升西山隐焉。时适二月,子鹃鸟鸣,故蜀人悲子鹃鸟鸣也。"子鹃即杜鹃,又名子规。

(5)珠有泪:《博物志》:"南海外有鲛人,水居如鱼,不废绩织,其眼泣则能出珠。"

(6)蓝田:《元和郡县志》:"关内道京兆府蓝田县:蓝田山,一名玉山,在县东二十八里。"

(7)只是:犹"止是""仅是",有"就是""正是"之意。

## 乐游原(1)

**李商隐**

向晚意不适(2),驱车登古原(3)。

夕阳无限好,只是近黄昏(4)。

【说明】

诗人用此诗赞美黄昏前的原野风光，表达了光阴易逝、青春不再的人生体验。

【注释】

(1)乐游原：在长安(今西安)城南，是唐代长安城内地势最高地。汉宣帝立乐游庙，又名乐游苑。登上它可望长安城。乐游原在秦代属宜春苑的一部分，得名于西汉初年。《汉书·宣帝纪》载，“神爵三年，起乐游苑”。汉宣帝第一个皇后许氏产后死去葬于此，因“苑”与“原”谐音，乐游苑即被传为“乐游原”。对此《关中记》有记载：“宣帝许后葬长安县乐游里，立庙于曲江池北，曰乐游庙，因苑(《长安志》误作葬字)为名。”

(2)向晚：傍晚。不适：不悦，不快。

(3)古原：指乐游原。

(4)近：快要。

## 夜雨寄北(1)

### 李商隐

君问归期未有期(2)，
巴山夜雨涨秋池(3)。
何当共剪西窗烛(4)，
却话巴山夜雨时(5)。

【说明】

这首诗是诗人身居异乡巴蜀，写给远在长安的妻子(或亲友)的一首抒情七言绝句，表达了诗人对妻子(或亲友)的深深思念。

【注释】

(1)寄北：写诗寄给北方的人。诗人当时在巴蜀(现在四川省)，他的亲友在长安，所以说“寄北”。这首诗表达了诗人对亲友的深刻怀念。

(2)君：对对方的尊称，等于现代汉语中的“您”。归期：指回家的日期。

(3)巴山：指大巴山，在陕西南部和四川东北交界处。这里泛指巴蜀一带。秋池：秋天的池塘。

(4)何当:什么时候。共:副词,用在谓语前,表示动作行为是由两个或几个施事者共同发生的。可译为“一起”。剪西窗烛:剪烛,剪去燃焦的烛芯,使灯光明亮。这里形容深夜秉烛长谈。“西窗话雨”“西窗剪烛”用作成语,所指也不限于夫妇,有时也用以写朋友间的思念之情。

(5)却话:回头说,追述。

## 无　题[(1)]

### 李商隐

相见时难别亦难[(2)],东风无力百花残。
春蚕到死丝方尽[(3)],蜡炬成灰泪始干[(4)]。
晓镜但愁云鬓改[(5)],夜吟应觉月光寒。
蓬山此去无多路[(6)],青鸟殷勤为探看[(7)]。

**【说明】**

这首诗以“别”字为文眼,描写了一对情人离别的痛苦和别后的思念,抒发了无比真挚的相思离别之情,但其中也流露出诗人政治上失意和精神上的闷苦,具有浓郁的伤感色彩,极写凄怨之深、哀婉之痛,并借神话传说表达了对心中恋人的无比挚爱、深切思念。

**【注释】**

(1)无题:唐代以来,有的诗人别有寄托,不愿或不便表明作品的题目,常用“无题”作诗的标题。“无题”诗意指隐晦,一般难以准确解释。

(2)相见时难别亦难:《颜氏家训》中“别易会难”。

(3)丝方尽:丝,与“思”是谐音字,“丝方尽”意思是除非死了,思念才会结束。《乐府诗集·西曲歌·作蚕丝》:“春蚕不应老,昼夜常怀丝。何惜微躯尽,缠绵自有时。”

(4)蜡炬:蜡烛。蜡烛燃烧时淌下的蜡油称烛泪。泪始干:泪,指燃烧时的蜡烛油,这里取双关义,指相思的眼泪。

(5)晓镜:早晨梳妆照镜子。云鬓:女子多而美的头发,这里比喻青春年华。

(6)蓬山:蓬莱山,传说中的蓬莱仙山,比喻被怀念者住的地方。《列子·汤问》:“渤海之东有五山,五曰蓬莱。”

(7)青鸟:传说中西王母的神鸟。神话中为西王母传递音讯的信使,这里指传递信息的人。《汉武故事》:“七月七日,忽有青鸟飞集殿前。东方朔曰:‘此西王母欲来。’有顷,王母至,三青鸟侠侍王母旁。”

# 贾　生(1)

## 李商隐

宣室求贤访逐臣(2),贾生才调更无伦(3)。
可怜夜半虚前席(4),不问苍生问鬼神(5)。

【说明】

这是一首托古讽时诗,意在借贾谊的遭遇,抒写诗人怀才不遇的感慨。诗中选取汉文帝宣室召见贾谊,夜半倾谈的情节,写文帝不能识贤,任贤;“不问苍生问鬼神”揭露了晚唐皇帝服药求仙,荒于政事,不能任贤,不顾民生的昏庸特性。此诗是首咏叹贾生故事的短诗,其着眼点,不在个人的穷通得失,而在于指出封建统治者不能真正重视人才,使其在政治上发挥作用。

【注释】

(1)贾生:贾谊,西汉著名的政论家,力主改革弊政,提出许多重要政治主张,但却遭谗被贬,一生抑郁不得志。

(2)宣室:汉未央宫前殿的正室。逐臣:被放逐之臣,指贾谊曾被贬谪。

(3)才调:才华气质。

(4)可怜:可惜,可叹。虚:指的是身体前倾,臀不着腿。前席:在座席上移膝靠近对方。

(5)苍生:百姓。问鬼神:事见《史记·屈原贾生列传》。文帝接见贾谊,“问鬼神之本。贾生因具道所以然之状。至夜半,文帝前席”。

ZHONGGUO GUDIAN SHICI
MINGPIAN SONGDU

# 中国古典诗词名篇诵读

下册

主编　张凯　时栋

郑州大学出版社

**图书在版编目(CIP)数据**

中国古典诗词名篇诵读. 下册/张凯,时栋主编. —郑州:郑州大学出版社,2020.9(2023.2 重印)
ISBN 978-7-5645-7196-2

Ⅰ.①中… Ⅱ.①张…②时… Ⅲ.①古典诗歌-诗歌欣赏-中国-青少年读物 Ⅳ.①I207.2-49

中国版本图书馆 CIP 数据核字(2020)第 155003 号

郑州大学出版社出版发行
郑州市大学路 40 号　　邮政编码:450052
出版人:孙保营　　发行电话:0371-66966070
全国新华书店经销
新乡市豫北印务有限公司印制
开本:710 mm×1 010 mm　1/16
总印张:15
总字数:225 千字
版次:2020 年 9 月第 1 版　　印次:2023 年 2 月第 3 次印刷

书号:ISBN 978-7-5645-7196-2　　总定价:49.00 元

# 编委会

# 前　言

古典诗词源远流长，名篇佳作美不胜收。它们是中华民族文化的根基和典范，是先人对自然、社会以及人生的一种特殊感悟和认知，是真、善、美的艺术结晶。千百年来，古典诗词被万口传诵，哺育了一代又一代的中华儿女，成为了民族文化的血脉。很多卓有成就的学者，在回忆自己的成长历程时，都感慨得益于早年的启蒙教育，尤其是古典诗词的诵读，影响了他们的修身与治学。

习近平总书记说过，培育和弘扬社会主义核心价值观，必须立足中华优秀传统文化。要把古代经典嵌在学生脑子里，成为中华民族文化基因，并不断传承下去。《中华人民共和国教育法》第一章第七条明确规定："教育应当继承和弘扬中华民族优秀的历史文化传统，吸收人类文明发展的一切优秀成果。"古典诗词就是我们优秀文化传统的重要组成部分，青少年诵读古典诗词，不仅能拓展知识面，培养对文学的兴趣爱好，打下扎实的文学功底，提高人文素养，还能激发爱国主义情感，陶冶情操和提高审美情趣。

古人云："腹有诗书气自华。"青少年的心田就像春天的泥土，播什么种子，就发什么芽。诵读经典古诗词，使他们在耳濡目染、潜移默化之中陶冶性情、开阔胸襟，引领他们热爱美、欣赏美、追求美，让他们从小与经典同行，做有根的中国人。

本书由张凯、时栋任主编，何勇、段峰、董艳鄂、张宏伟任副主编，编委有段峰、董艳鄂、黄江元、顾勇、梁礼中、时栋、张凯、张宏伟、王战峰、余君、刘景生、姚莎莎、李号拥、乔璐科，大家经过很长一段时间的努力，终于将这本《中国古典诗词名篇诵读》呈现在读者面前。书中选编的古典诗词从《诗经》到明清诗歌共199篇,展现了历代诗词作家对自然景物、社会生活、情趣爱好、人生追求的感悟,蕴含着中华民族的文化精髓和民族精神。考虑到青少年的知识水平,我们在每首诗词后面加注了说明和注释,帮助他们理解。以期青少年在经典古诗词的诵读中,了解中华传统文化,感受民族情怀,进而丰富自我,提升自我,陶冶自我。

全书经集体讨论,由主编修改统稿。本书的编审工作得到了郑州大学出版社的大力支持,在此表示诚挚的感谢。

由于时间仓促,编者水平有限,书中纰漏在所难免,诚盼广大读者批评指正。

编者

2020年6月

# 目录

# 相见欢·无言独上西楼

## 李　煜

无言独上西楼，月如钩。
寂寞梧桐深院锁清秋(1)。
剪(2)不断，理还乱，是离愁(3)。
别是一般(4)滋味在心头。

**【说明】**

李煜(937—978)，初名从嘉，字重光，号钟隐、莲峰居士，汉族，祖籍彭城(今江苏徐州铜山区)，是南唐最后一位国君。北宋开宝八年(975)，宋朝灭南唐，李煜出降北宋，因曾守城相拒，被宋太祖赵匡胤封为"违命侯"，囚禁待罪于汴京，忍屈负辱地过起了囚徒生活。北宋太平兴国三年(978)七月七日，李煜死于汴京，世称南唐后主、李后主。李煜精书法、工绘画、通音律，诗文均有一定造诣，尤以词的成就最高。李煜的词，语言明快、形象生动、用情真挚，风格鲜明，其亡国后词作更是题材广阔，含意深沉，在晚唐五代词中别树一帜，对后世词坛影响深远。

此词是南唐后主李煜的名篇，词牌名为《相见欢》(又名《乌夜啼》)，咏的却是离别愁。这是作者被囚时所作，词中的缭乱离愁不过是他宫廷生活结束后的一个插曲，而离乡去国的锥心怆痛才是全词主旨。这首词感情真实，深沉自然，突破了花间词绮丽腻滑笔调，是宋初婉约派词的开山之作。

**【注释】**

(1)锁清秋：深深被秋色所笼罩。清秋，一作深秋。

(2)剪：一作翦。

(3)离愁：指去国之愁。

(4)别是一般:另有一种意味。别是:一作别有。

# 浪淘沙·帘外雨潺潺[(1)]

## 李　煜

帘外雨潺潺[(2)],春意阑珊[(3)],罗衾[(4)]不耐[(5)]五更寒。
梦里不知身是客[(6)],一晌[(7)]贪欢[(8)]。
独自莫凭栏[(9)],无限江山[(10)],别时容易见时难。
流水落花春去也,天上人间。

**【说明】**

此词是李煜去世前不久所写。感情基调低沉悲怆,透露出他这个亡国之君绵绵不尽的故土之思,可以说这是一支宛转凄苦的哀歌。

**【注释】**

(1)浪淘沙原为唐教坊曲,又名《浪淘沙令》《卖花声》等。唐人多用七言绝句入曲,南唐李煜始演为长短句。

(2)潺潺(chán):形容雨声。

(3)阑(lán)珊(shān):衰残。一作"将阑"。

(4)罗衾(qīn):绸被子。

(5)不耐:受不了。一作"不暖"。

(6)身是客:指被拘汴京,形同囚徒。

(7)一晌(shǎng):一会儿,片刻。

(8)贪欢:指贪恋梦境中的欢乐。

(9)凭栏:靠着栏杆。

(10)江山:指南唐河山。

# 虞美人·春花秋月何时了[1]

## 李 煜

春花秋月何时了[2],往事知多少？小楼昨夜又东风,故国不堪回首月明中[3]！

雕栏玉砌应犹在[4],只是朱颜改[5]。问君能有几多愁[6]？恰似一江春水向东流。

【说明】

这首词是李煜的代表作,也是他的绝命词。相传他于自己生日(七月七日)之夜(“七夕”),在寓所命歌妓作乐,唱新作《虞美人》词,声闻于外。宋太宗闻之大怒,命人赐药酒,将他毒死。这首词通过今昔交错对比,表现了一个亡国之君的无穷哀怨。

【注释】

(1)虞美人:此调原为唐教坊曲,后用为词牌名。此调初咏项羽宠姬虞美人死后地下开出一朵鲜花,因以为名。又名“一江春水”“玉壶水”“巫山十二峰”等。双调,五十六字,上下片各四句,皆为两仄韵转两平韵。

(2)了:了结,完结。

(3)故国:指南唐故都金陵(今南京)。

(4)砌:台阶。雕栏玉砌:指远在金陵的南唐故宫。应犹:一作“依然”。

(5)朱颜改:指所怀念的人已衰老。

(6)君:作者自称。能:或作“都”“那”“还”“却”。

# 山园小梅

## 林　逋

众芳摇落独暄妍(1)，占尽风情向小园。
疏影横斜水清浅(2)，暗香浮动月黄昏(3)。
霜禽欲下先偷眼(4)，粉蝶如知合断魂(5)。
幸有微吟可相狎(6)，不须檀板共金樽(7)。

**【说明】**

林逋(967—1028)，字君复，后人称为和靖先生，汉族，浙江奉化大里黄贤村人，北宋著名隐逸诗人，因种梅养鹤成癖，终身不娶，有“梅妻鹤子”之称。《山园小梅二首》是林逋创作的七言律诗组诗作品，这首诗是其中的一首，突出地写出梅花特有的姿态美和高洁的品性，以梅的品性比喻自己孤高幽逸的生活情趣。

**【注释】**

(1)暄(xuān)妍(yán)：景物明媚鲜丽，这里是形容梅花。

(2)疏影横斜：梅花疏疏落落，斜横枝干投在水中的影子。疏影，指梅枝的形态。

(3)暗香浮动：梅花散发的清幽香味在飘动。黄昏：指月色朦胧，与上句“清浅”相对应，有双关义。

(4)霜禽：羽毛白色的禽鸟。根据林逋“梅妻鹤子”的趣称，理解为“白鹤”更佳。偷眼：偷偷地窥看。

(5)合：应该。断魂：形容神往，犹指销魂。

(6)狎(xiá)：玩赏，亲近。

(7)檀(tán)板：檀木制成的拍板，歌唱或演奏音乐时用以打拍子。这里泛指乐器。金樽(zūn):豪华的酒杯,此处指饮酒。

# 题花山寺(1)壁

## 苏舜钦

寺里山因花得名,繁英(2)不见草纵横(3)。
栽培剪伐(4)须勤力(5),花易凋零(6)草易生。

【说明】

苏舜钦(1008—1048),北宋词人,字子美,祖籍梓州铜山(今四川中江),曾祖时迁至汴京(今河南开封)。景佑元年举进士,曾任县令、大理评事、集贤殿校理,监进奏院等职位。因支持范仲淹的庆历革新,为守旧派所恨,御史中丞王拱辰让其属官劾奏苏舜钦,劾其在进奏院祭神时,用卖废纸之钱宴请宾客。罢职闲居苏州。后来复起为湖州长史,但不久就病故了。与宋诗"开山祖师"梅尧臣合称"苏梅"。

本诗语言虽然朴素,但却蕴含着深刻的哲理,由题目可知,花山寺因花而得名,所以知道它的美丽。然而作者前往,却不见繁花。见到的只是凄凄野草,作者不由感慨万分,无论是什么草木,必须及时去除枯枝,施肥添水,否则花朵就会凋零,令野草乘虚而入。这是对自然界自然现象的概括,也是对人类社会经验的总结,应该时刻注意修整,取其精华弃其糟粕,只有这样才能永远保持青春。

【注释】

(1)花山寺:地址不详。《镇江府志》载有沈括诗《游花山寺》一首,据此,花山寺可能在镇江。

(2)繁英:繁花。

(3)草纵横:野草丛生。

(4)剪伐:指斩去枯枝败叶。剪,斩断。

(5)勤力:勤奋努力。

(6)凋零:凋落衰败。

## 雨霖铃·寒蝉凄切[1]

### 柳　永

寒蝉凄切[2],对长亭晚[3],骤雨初歇。都门帐饮无绪[4],留恋处(一说:方留恋处),兰舟催发[5]。执手相看泪眼,竟无语凝噎[6]。念去去[7],千里烟波,暮霭沉沉楚天阔[8]。

多情自古伤离别,更那堪,冷落清秋节!今宵酒醒何处[9]?杨柳岸,晓风残月。此去经年[10],应是良辰好景虚设。便纵有千种风情[11],更与何人说[12]?

**【说明】**

柳永(约984—约1053),原名三变,字景庄,后改名柳永,字耆卿,因排行第七,又称柳七,福建崇安人,北宋著名词人,婉约派代表人物。因官至屯田员外郎致仕,故世称柳屯田。

这首词是婉约词的典型代表,是柳永所写离京南下时与一位恋人在长亭送别的情景,写得缠绵悱恻、凄切动人。上阕写一对恋人依依惜别的场面,重在描写环境和情态;下阕写离别后的痛苦,重在刻画心理。在表现手法上,这首词写景近远相连,虚实结合;写情则极尽渲染,层层推进。情随景生,景随情移,情景交融,感人至深。

**【注释】**

(1)雨霖(lín)铃:词牌名,也写作"雨淋铃",调见《乐章集》。相传马嵬兵变后,杨贵妃缢死,在平定叛乱之后,玄宗北还,一路凄雨沥沥,风雨吹打皇銮的金铃上,玄宗因悼念杨贵妃而作此曲。曲调自身就具有哀伤的成分。

(2)凄切:凄凉急促。

(3)长亭:古代在交通要道边每隔十里修建一座长亭供行人休息,又称“十里长亭”。靠近城市的长亭往往是古人送别的地方。

(4)都门:国都之门。这里代指北宋的首都汴京(今河南开封)。帐饮:在郊外设帐饯行。无绪:没有情绪。

(5)兰舟:古代传说鲁班曾刻木兰树为舟(南朝梁任昉《述异记》)。这里用作对船的美称。

(6)凝噎(yē):喉咙哽塞,欲语不出的样子。

(7)去去:重复“去”字,表示行程遥远。

(8)“暮霭”句:傍晚的云雾笼罩着南天,深厚广阔,不知尽头。暮霭(ǎi):傍晚的云雾。沉沉:深厚的样子。楚天:指南方楚地的天空。

(9)今宵:今夜。

(10)经年:年复一年。

(11)纵:即使。风情:情意。男女相爱之情,深情蜜意。情:一作“流”。

(12)更:一作“待”。

## 渔家傲·秋思(1)

### 范仲淹

塞下秋来风景异(2),衡阳雁去无留意(3)。四面边声连角起(4)。千嶂里(5),长烟落日孤城闭。

浊酒一杯家万里,燕然未勒归无计(6)。羌管悠悠霜满地(7)。人不寐(8),将军白发征夫泪。

【说明】

范仲淹(989—1052)，字希文，死后谥号文正，史称范文正公。为北宋名臣、政治家、军事家、文学家、思想家，苏州吴县人。大中祥符八年(1015)进士。官至枢密副使、参知政事。有《范文正公集》。宋康定元年(1040)至庆历三年(1043)间，词人任陕西经略副使兼延州知州。在他镇守西北边疆期间，既号令严明又爱抚士兵，深为西夏所惮服，称他“腹中有数万甲兵”。这首词就是他身处军中的感怀之作。

【注释】

(1)渔家傲：词牌名，又名“渔歌子”“渔父词”等。双调六十二字，前后段各五句，五仄韵。

(2)塞：边界要塞之地，这里指西北边疆。

(3)衡阳雁去：传说秋天北雁南飞，至湖南衡阳回雁峰而止，不再南飞。

(4)边声：边塞特有的声音，如大风、号角、羌笛、马啸的声音。

(5)千嶂(zhàng)：绵延而峻峭的山峰，崇山峻岭。

(6)燕然未勒(lè)：指战事未平，功名未立。燕然：即燕然山，今名杭爱山，在今蒙古国境内。据《后汉书·窦宪传》记载，东汉窦宪率兵追击匈奴单于，去塞三千余里，登燕然山，刻石勒功而还。

(7)羌(qiāng)管：即羌笛，出自古代西部羌族的一种乐器。悠悠：形容声音飘忽不定。

(8)不寐：睡不着。寐：睡。

## 苏幕遮·怀旧[(1)]

### 范仲淹

碧云天，黄叶地，秋色连波，波上寒烟翠[(2)]。

山映斜阳天接水，芳草无情，更在斜阳外[(3)]。

黯乡魂[4]，追旅思[5]，夜夜除非，好梦留人睡。

明月楼高休独倚，酒入愁肠，化作相思泪。

【说明】

这首词作于宋仁宗康定元年(1040)至庆历三年(1043)间，当时范仲淹正在西北边塞的军中任陕西四路宣抚使，主持防御西夏的军事，这是一首描写羁旅乡愁的词。

【注释】

(1)苏幕遮：原唐教坊曲名，来自西域，后用作词牌名。又名“云雾敛”“鬓云松令”。双调，六十二字，上下片各五句。

(2)“波上”句：江波之上笼罩着一层翠色的寒烟。烟本呈白色，因其上连碧天，下接绿波，远望即与碧天同色，正所谓“秋水共长天一色”。

(3)“芳草”二句：意思是，草地绵延到天涯，似乎比斜阳更遥远。“芳草”常暗指故乡，因此，这两句有感叹故乡遥远之意。

(4)黯乡魂：因思念家乡而黯然伤神。黯：形容心情忧郁。乡魂：即思乡的情思。语出江淹《别赋》：“黯然销魂者，唯别而已矣。”

(5)追旅思(sì)：撇不开羁旅的愁思。追：追随，这里有缠住不放的意思。旅思：旅居在外的愁思。思：心绪，情怀。

## 江上渔者[1]

### 范仲淹

江上往来人，但[2]爱[3]鲈鱼[4]美。

君[5]看一叶舟[6]，出没[7]风波里[8]。

【说明】

这首五言绝句是诗人在饮酒品鱼、观赏风景的时候，看到风浪中起伏的小船，由此联想到渔民打鱼的艰辛和危险，情动而辞发，诗作言浅意深，体现了诗人对劳动人民的同情。

【注释】

(1)渔者：捕鱼的人。

(2)但：只。

(3)爱：喜欢。

(4)鲈鱼：一种头大口大、体扁鳞细、背青腹白、味道鲜美的鱼。生长快，体大味美。

(5)君：你。

(6)一叶舟：像漂浮在水上的一片树叶似的小船。

(7)出没：若隐若现。指一会儿看得见，一会儿看不见。

(8)风波：波浪。

## 浣溪沙·一曲新词酒一杯(1)

### 晏　殊

一曲新词酒一杯(2)，
去年天气旧亭台(3)。
夕阳西下几时回(4)？
无可奈何花落去(5)，
似曾相识燕归来(6)。
小园香径独徘徊(7)。

【说明】

晏殊(991—1055)，字同叔，抚州临川人。北宋著名文学家、政治家。生于宋太宗淳化二年(991)，十四岁以神童入试，赐同进士出身，命为秘书省正字，官至右谏议大夫、集贤殿学士、礼部刑部兵部尚书等，1055 年病逝于京中，封临淄公，谥号元献，世称晏元献。晏殊以词著于文坛，尤擅小令，风格含蓄婉丽，与其子晏几道，被称为“大晏”和“小晏”，又与欧阳修并称“晏欧”。这首词是晏殊的代表作。其中“无可奈何花落去，似曾相识燕归来”两句历来为人称道。

【注释】

(1)浣溪沙：唐玄宗时教坊曲名，后用为词调。沙：一作“纱”。

(2)一曲新词酒一杯：此句化用白居易《长安道》诗意：“花枝缺入青楼开，艳歌一曲酒一杯”。一曲：一首。因为词是配合音乐唱的，故称“曲”。新词：刚填好的词，意指新歌。酒一杯：一杯酒。

(3)去年天气旧亭台：是说天气、亭台都和去年一样。此句化用五代郑谷《和知己秋日伤怀》诗：“流水歌声共不回，去年天气旧池台”。去年天气，跟去年此日相同的天气。旧亭台，曾经到过的或熟悉的亭台楼阁。旧，旧时。

(4)夕阳：落日。西下：向西方地平线落下。几时回：什么时候回来。

(5)无可奈何：不得已，没有办法。

(6)似曾相识：好像曾经认识。形容见过的事物再度出现。后用作成语，即出自晏殊此句。燕归来：燕子从南方飞回来。

(7)小园香径：花草芳香的小径，或指落花散香的小径。因落花满径，幽香四溢，故云香径。香径：带着幽香的园中小径。独：副词，用于谓语前，表示“独自”的意思。徘徊：来回走。

## 蝶恋花·槛菊愁烟兰泣露

### 晏　殊

槛菊愁烟兰泣露(2)，罗幕轻寒(3)，燕子双飞去。

明月不谙离恨苦[4]，斜光到晓穿朱户[5]。

昨夜西风凋碧树[6]，独上高楼，望尽天涯路。

欲寄彩笺兼尺素[7]，山长水阔知何处？

【说明】

此词写深秋怀人，是宋词的名篇之一，也是晏殊的代表作之一。全词深婉中见含蓄，广远中有蕴涵，很好地表达了离愁别恨的主题。

【注释】

(1)蝶恋花：又名“凤栖梧”“鹊踏枝”等。唐教坊曲，后用为词牌。《乐章集》《张子野词》并入“小石调”，《清真集》入“商调”。赵令畤有《商调蝶恋花》，联章作《鼓子词》，咏《会真记》事。双调，六十字，上下片各四仄韵。

(2)槛(jiàn)：古建筑常于轩斋四面房基之上围以木栏，上承屋角，下临阶砌，谓之槛。至于楼台水榭，亦多是槛栏修建之所。

(3)罗幕：丝罗的帷幕，富贵人家所用。

(4)不谙(ān)：不了解，没有经验。谙：熟悉，精通。离恨：一作“离别”。

(5)朱户：犹言朱门，指大户人家。

(6)凋：衰落。碧树：绿树。

(7)彩笺(jiān)：彩色的信笺。尺素：书信的代称。古人写信用素绢，通常长约一尺，故称尺素，语出《古诗十九首》“客从远方来，遗我双鲤鱼。呼儿烹鲤鱼，中有尺素书”。兼：一作“无”。

## 木兰花[1]

### 宋　祁

东城渐觉风光好[2]，縠皱波纹迎客棹[3]。

绿杨烟外晓寒轻[4]，红杏枝头春意闹[5]。

浮生长恨欢娱少[6]，肯爱千金轻一笑[7]。

为君持酒劝斜阳[8]，且向花间留晚照[9]。

【说明】

宋祁(qí)(998—1061)，宋代文学家。字子京，安州安陆(今属湖北)人，后迁开封雍丘(今河南杞县)。公元1024年(宋天圣二年)进士。历官国子监直讲、太常博士、工部尚书员外郎、知制诰、史馆修撰、翰林学士承旨等。卒谥景文。其诗词多写优游闲适生活，语言工丽，描写生动，因词中“红杏枝头春意闹”一句而名扬词坛，被世人称作“红杏尚书”。此词为词人游赏春景之作，全词收放自如，井井有条，用语华丽而不轻佻，言情直率而不扭捏，把对时光的留恋、对美好人生的珍惜写得韵味十足，堪称千古佳作。

【注释】

(1)木兰花：原唐教坊曲名，后用为词牌名。此词为双调五十六字体，前后片各三仄韵。

(2)縠(hú)皱波纹：形容波纹细如皱纱。縠皱：皱纱，有皱褶的纱。棹(zhào)：船桨，此指船。

(3)春意：春天的气象。闹：浓盛。

(4)浮生：指漂浮无定的短暂人生。

(5)肯爱：岂肯吝惜，即不吝惜。一笑：特指美人之笑。

(6)持酒：端起酒杯。

(7)晚照：夕阳的余晖。

## 蝶恋花·庭院深深深几许[1]

### 欧阳修

庭院深深深几许[2]，杨柳堆烟[3]，帘幕无重数。玉勒雕鞍游冶处[4]，楼高不见章台路[5]。

雨横风狂三月暮[6]，门掩黄昏，无计留春住。泪眼问花花不语，乱红飞过秋千去[7]。

【说明】

欧阳修(1007—1072)，字永叔，号醉翁、六一居士，汉族，吉州永丰(今江西吉安)人，北宋政治家、文学家，且在政治上负有盛名。因吉州原属庐陵郡，以"庐陵欧阳修"自居。官至翰林学士、枢密副使、参知政事，谥号文忠，世称欧阳文忠公。后人又将其与韩愈、柳宗元和苏轼合称"千古文章四大家"。与韩愈、柳宗元、苏轼、苏洵、苏辙、王安石、曾巩被世人称为"唐宋八大家"。

此词描写闺中少妇的伤春之情。上片写少妇深闺寂寞，阻隔重重，想见意中人而不得；下片写美人迟暮，盼意中人回归而不得，幽恨怨愤之情自现。全词写景状物，疏俊委曲，虚实相融，用语自然，辞意深婉，尤对少妇心理刻画写意传神，堪称欧词之典范。

【注释】

(1)蝶恋花：唐代教坊曲，后用为词牌，又名"鹊踏枝""凤栖梧"。

(2)几许：多少。许：估计数量之词。

(3)堆烟：形容杨柳浓密。

(4)玉勒：玉制的马衔。雕鞍：精雕的马鞍，极言车马的豪华。游冶(yě)处：指歌楼妓院。

(5)章台：汉长安街名。《汉书·张敞传》有"走马章台街"语。唐许尧佐《章台柳传》，记妓女柳氏事。后因以章台为歌妓聚居之地。

(6)雨横：指急雨、骤雨。

(7)乱红：这里形容各种花片纷纷飘落的样子。

# 画眉鸟[1]

## 欧阳修

百啭千声随意移[2]，山花红紫树高低[3]。
始知锁向金笼听[4]，不及林间自在啼[5]。

【说明】

此诗前两句写景，景中寓理；后两句言理，情理兼融。诗人在再现良辰美景时，着意于将自己感悟到的理念，不露痕迹地含蕴其间，从而表现出诗人对禁锢人才的憎恶与否定、对自由生活的热爱与向往。这首诗情景结合，寓意深远。

【注释】

(1)画眉鸟：鸣禽。

(2)百啭(zhuàn)千声：形容画眉叫声婉转，富于变化。啭：鸟婉转地啼叫。随意：随着自己(鸟)的心意。

(3)树高低：树林中的高处和低处。

(4)始知：现在才知道。金笼：贵重的鸟笼，喻指不愁吃喝、生活条件优越的居所。

(5)不及：远远比不上。

# 桂枝香·金陵怀古[1]

## 王安石

登临送目[2]，正故国晚秋[3]，天气初肃[4]。千里澄江似练[5]，翠峰如簇[6]。归帆去棹残阳里[7]，背西风，酒旗斜矗[8]。彩舟云淡，星河鹭起[9]，画图难足[10]。

念往昔，繁华竞逐[11]，叹门外楼头[12]，悲恨相续[13]。千古凭高对此[14]，谩嗟荣辱[15]。六朝旧事随流水[16]，但寒烟衰草凝绿。至今商女[17]，时时犹唱，后庭遗曲[18]。

【说明】

王安石(1021—1086)，字介甫，号半山，临川(今江西抚州市临川区)人，北宋著名的思想家、政治家、文学家、改革家。王安石历任扬州签判、鄞县知县、舒州通判等职，政绩显著。熙宁二年(1069)，任参知政事，次年拜相，主持变法。因守旧派反对，熙宁七年(1074)罢相。一年后，宋神宗再次起用，旋又罢相，退居江宁。元祐元年(1086)，保守派得势，新法皆废，郁然病逝于钟山(今江苏南京)，赠太傅。绍圣元年(1094)，获谥"文"，故世称王文公。被列宁称为"中国十一世纪的改革家"。他的散文以雄健刚劲著称，使他成为"唐宋八大家"之一；其诗词则遒劲清新，豪气纵横。

这首词通过对金陵(今江苏南京)景物的赞美和历史兴亡的感喟，寄托了作者对当时朝政的担忧和对国家政治大事的关心。全词情景交融，境界雄浑阔大，风格沉郁悲壮，把壮丽的景色和历史内容和谐地融合在一起，自成一格，堪称名篇。

【注释】

(1)桂枝香：词牌名，又名"疏帘淡月"，首见于王安石此作。金陵：今江苏南京。

(2)登临送目：登山临水，举目望远。送目：远目，望远。

(3)故国：即故都，旧时的都城。金陵为六朝故都，故称故国。

(4)初肃：天气刚开始萧肃。肃：萎缩，肃杀，形容草木枯落，天气寒而高爽。

(5)千里澄江似练：形容长江像一匹长长的白绢。语出谢朓《晚登三山还望京邑》："余霞散成绮，澄江静如练。"澄江：清澈的长江。练：白色的绢。

(6)如簇:这里指群峰好像丛聚在一起。簇:丛聚。

(7)归帆去棹(zhào):往来的船只。棹:划船的一种工具,形似桨,也可引申为船。

(8)斜矗(chù):斜插。矗:直立。

(9)“彩舟”两句:意谓结彩的画船行于薄雾迷离之中,犹在云内;华灯映水,繁星交辉,白鹭翩飞。这两句转写秦淮河,“彩舟”系代人玩乐的河上之船,与江上“征帆去棹”的大船不同。又与下片“繁华”相接,释为秦淮河较长江为妥。星河:天河,这里指秦淮河。鹭:白鹭,一种水鸟。一说指白鹭洲(长江与秦淮河相汇之处的小洲)。

(10)画图难足:用图画也难以完美地表现它。难足:难以完美地表现出来。

(11)豪华竞逐:(六朝的达官贵人)争着过豪华的生活。竞逐:竞相仿效追逐。

(12)门外楼头:指南朝陈亡国惨剧。语出杜牧《台城曲》:“门外韩擒虎,楼头张丽华。”韩擒虎是隋朝开国大将,统兵伐陈,他已带兵来到金陵朱雀门(南门)外,陈后主尚与他的宠妃张丽华于结绮阁上寻欢作乐。陈后主、张丽华被韩俘获,陈亡于隋。门:指朱雀门。楼:指结绮阁。

(13)悲恨相续:指六朝亡国的悲恨,接连不断。

(14)凭高:登高。这是说作者登上高处远望。

(15)谩(màn)嗟(jiē)荣辱:空叹历朝兴衰。荣:兴盛。辱:灭亡。这是作者的感叹。

(16)“六朝”两句:意谓六朝的往事像流水般消逝了,如今只有寒烟笼罩衰草,凝成一片暗绿色,而繁华无存了。六朝:指三国吴、东晋、南朝宋、齐、梁、陈六个朝代,它们都建都金陵。

(17)商女:酒楼茶坊的歌女。

(18)后庭遗曲:指歌曲《玉树后庭花》,传为陈后主所作,其辞哀怨绮靡,后人将它看成亡国之音。最后三句化用杜牧《泊秦淮》“商女不知亡国恨,隔江犹唱《后庭花》”诗意。

## 元　日(1)

### 王安石

爆竹声中一岁除(2)，春风送暖入屠苏(3)。

千门万户曈曈日(4)，总把新桃换旧符(5)。

【说明】

这首诗描写新年元日热闹、欢乐和万象更新的动人景象，抒发了作者革新政治的思想感情，充满欢快及积极向上的奋发精神。

【注释】

(1)元日：农历正月初一，即春节。

(2)爆竹：古人烧竹子时使竹子爆裂发出的响声。用来驱鬼避邪，后来演变成放鞭炮。一岁除：一年已尽。除：逝去。

(3)屠苏：指屠苏酒，饮屠苏酒也是古代过年时的一种习俗，大年初一全家合饮这种用屠苏草浸泡的酒，以驱邪避瘟疫，求得长寿。

(4)千门万户：形容门户众多，人口稠密。曈曈(tóng)：日出时光亮而温暖的样子。

(5)桃：桃符，古代一种风俗，农历正月初一时人们用桃木板写上神荼、郁垒两位神灵的名字，悬挂在门旁，用来压邪。也作春联。

## 泊船瓜洲(1)

### 王安石

京口瓜洲一水间(2)，钟山只隔数重山(3)。

春风又绿江南岸[4]，明月何时照我还[5]。

【说明】

这首诗第一句通过写京口和瓜洲距离之短及船行之快，流露出一种轻松、愉悦的心情；第二句写诗人回望居住地钟山，产生依依不舍之情；第三句描写了春意盎然的江南景色；最后以疑问语气结尾，再一次强调了对故乡的思念。全诗借景抒情，寓情于景，境界开阔，格调清新。

【注释】

(1)泊(bó)船：停船。泊：停泊，指停泊靠岸。

(2)京口：古城名，故址在江苏镇江市。瓜洲：镇名，在长江北岸，扬州南郊，即今扬州市南部长江边，京杭运河分支入江处。一水间：指一水相隔之间。一水：一条河。古人除将黄河特称为“河”，长江特称为“江”之外，大多数情况下称河流为“水”，如汝水、汉水、浙水、湘水、澧水等。这里的“一水”指长江。

(3)钟山：今南京市紫金山。

(4)绿：吹绿，拂绿。

(5)还：回。

## 梅　花

### 王安石

墙角数枝梅，凌寒独自开[1]。

遥知不是雪[2]，为有暗香来[3]。

【说明】

此诗前两句写墙角梅花不惧严寒，傲然独放；后两句写梅花的幽香，凌寒独开。以梅花的坚强和高洁品格喻示那些像诗人一样，处于艰难环境中依然能坚持操守、主张正义的人。

【注释】

(1)凌寒:冒着严寒。

(2)遥:远远地。知:知道。

(3)为(wèi):因为。暗香:指梅花的幽香。

# 书湖阴先生壁[1]二首(其一)

## 王安石

茅檐长扫净无苔[2],花木成畦手自栽[3]。
一水护田将绿绕[4],两山排闼送青来[5]。

【说明】

《书湖阴先生壁二首》是北宋文学家、政治家王安石创作的七言绝句组诗作品。这两首诗都是题壁诗,此诗是其一首,前两句写他家的环境,洁净清幽,暗示主人生活情趣的高雅;后两句转到院外,写山水对湖阴先生的深情,暗用典故,把山水化成了具有生命感情的形象,山水主动与人相亲,正是表现人的高洁。全诗既赞美了主人朴实勤劳,又表达了诗人退休闲居的恬淡心境,从田园山水和与平民交往中领略到无穷的乐趣。

【注释】

(1)书:书写,题诗。湖阴先生:本名杨德逢,隐居之士,是王安石晚年居住金陵(今江苏南京)紫金山时的邻居。

(2)茅檐:茅屋檐下,这里指庭院。无苔:没有青苔。

(3)成畦(qí):成垄成行。畦:经过修整的一块块田地。

(4)护田:这里指护卫环绕着园田。语出《汉书·西域传序》:"自敦煌西至盐泽,往往起亭,而轮台、渠犁,皆有田卒数百人,置使者校尉领护。"

(5)排闼(tà):开门。语出《汉书·樊哙传》:"高帝尝病,恶见人,卧禁中,诏户者无得入群臣。哙乃排闼直入。”闼:小门。送青来:送来绿色。

## 江　上

### 王安石

江北秋阴一半开,晚云含雨却低徊[1]。

青山缭绕疑无路[2],忽见千帆隐映来[3]。

【说明】

这首诗深层意义不是屈从阴暗,而是反抗阴暗。首句写雨过天晴,阴云半开的景象。次句将黄昏时的云雾写活;三、四句从云转到江边的青山,写出了江行的特殊感受。全诗悠远淡雅,情趣横生。

【注释】

(1)晚云:一作“晓云”。低徊:这里指浓厚的乌云缓慢移动。徊:一作“回”。

(2)缭绕:回环旋转。

(3)隐映:隐隐地显现出。

## 钟山即事[1]

### 王安石

涧水无声绕竹流[2],竹西花草弄春柔[3]。

茅檐相对坐终日[4],一鸟不鸣山更幽[5]。

【说明】

这首诗反映的是幽闲意境,抒写了诗人神离尘寰、心无挂碍的超脱情怀，但字里行间也蕴含着的孤独、寂寞和政治上失意的心情。

【注释】

(1)钟山：紫金山，今江苏省南京市。即事：就眼前景物加以描写，有感于当前事物。

(2)涧水：山涧流水。

(3)竹西：竹林西畔。弄春柔：在春意中摆弄柔美姿态的意思。

(4)茅檐：茅屋檐。相对：对着山。

(5)幽：幽静，幽闲。

## 江城子·乙卯正月二十日夜记梦(1)

### 苏　轼

十年生死两茫茫(2)，不思量(3)，自难忘。千里(4)孤坟(5)，无处话凄凉。纵使相逢应不识，尘满面，鬓如霜(6)。

夜来幽梦忽还乡(7)，小轩窗(8)，正梳妆。相顾无言(9)，惟有泪千行。料得年年肠断处，明月夜，短松冈(10)。

【说明】

苏轼(1037—1101)，字子瞻，号东坡居士，世称苏东坡。四川眉州眉山人，祖籍河北栾城，北宋文学家、书法家、画家。是北宋中期的文坛领袖，在诗、词、散文、书、画等方面取得了很高的成就。其诗题材广阔，清新豪健，善用夸张比喻，独具风格，与黄庭坚并称“苏黄”；其词开豪放一派，与辛弃疾同是豪放派代表，并称“苏辛”；其文纵横恣肆，豪放自如，与欧阳修并称“欧苏”，为“唐宋八大家”之一。苏轼亦善书，为“宋四家”之一；工于画，尤擅墨竹、怪石、枯木等。本词是苏轼梦见早逝的爱妻王弗而写下的一首千古传诵的悼亡词。

【注释】

(1)乙卯:1075 年,即北宋熙宁八年。

(2)十年:指结发妻子王弗去世已十年。

(3)思量:想念。

(4)千里:王弗葬地四川眉山与苏轼任所山东密州,相隔遥远,故称“千里”。

(5)孤坟:此处指其妻王氏之墓。

(6)尘满面,鬓如霜:形容年老憔悴。

(7)幽梦:梦境隐约,故云幽梦。

(8)小轩窗:指小室的窗前。

(9)顾:看。

(10)松冈:苏轼葬妻之地。

## 江城子(1) ·密州出猎(2)

### 苏 轼

老夫聊发少年狂(3),左牵黄,右擎苍(4),锦帽貂裘(5),千骑卷平冈(6)。为报倾城随太守(7),亲射虎,看孙郎(8)。

酒酣胸胆尚开张(9),鬓微霜(10),又何妨?持节云中,何日遣冯唐(11)?会挽雕弓如满月(12),西北望,射天狼(13)。

【说明】

这首词是苏轼于密州知州任上所作,表达了强国抗敌的政治主张,抒写了渴望报效朝廷的壮志豪情。

**【注释】**

(1)江城子:词牌名。

(2)密州:在今山东省诸城市。

(3)老夫:作者自称,时年四十。聊:姑且,暂且。狂:狂妄。

(4)左牵黄,右擎苍:左手牵着黄狗,右臂托起苍鹰,形容围猎时用以追捕猎物的架势。

(5)锦帽貂裘:名词作动词,头戴着华美鲜艳的帽子。貂裘:身穿貂鼠皮衣。这是汉羽林军穿的服装。

(6)千骑卷平冈:形容马多尘土飞扬,把山冈像卷席子一般掠过。千骑(jì):形容从骑之多。平冈:指山脊平坦处。

(7)为报:为了报答。太守:古代州府的行政长官。

(8)孙郎:三国时期东吴的孙权,这里作者自喻。《三国志·吴志·孙权传》载:"二十三年十月,权将如吴,亲乘马射虎于凌亭,马为虎伤。权投以双戟,虎却废。常从张世,击以戈,获之。"

(9)酒酣胸胆尚开张:尽情畅饮,胸怀开阔,胆气豪壮。尚:更。

(10)鬓:额角边的头发。霜:白。

(11)持节云中,何日遣冯唐:朝廷何日派遣冯唐去云中郡赦免魏尚的罪呢?典出《史记·冯唐列传》。汉文帝时,魏尚为云中太守。他爱惜士卒,优待军吏,匈奴远避。匈奴曾一度来犯,魏尚亲率车骑出击,所杀甚众。后因报功文书上所载杀敌的数字与实际不合(虚报了六个),被削职。经冯唐代为辩白后,认为判的过重,文帝就派冯唐"持节"(带着传达圣旨的符节)去赦免魏尚的罪,让魏尚仍然担任云中郡太守。苏轼此时因政治上处境不好,调任密州太守,故以魏尚自许,希望能得到朝廷的信任。节:兵符,带着传达命令的符节。持节:奉有朝廷重大使命。

(12)会:应当。挽:拉。雕弓:弓背上有雕花的弓。满月:圆月。

(13)天狼:星名,一称犬星,旧说指侵掠,这里引指西夏。词中以之隐喻侵犯北宋边境的辽国与西夏。

# 蝶恋花·春景(1)

## 苏　轼

花褪残红青杏小(2)。燕子飞时，绿水人家绕。枝上柳绵吹又少(3)，天涯何处无芳草(4)！

墙里秋千墙外道。墙外行人，墙里佳人笑。笑渐不闻声渐悄(5)，多情却被无情恼(6)。

**【说明】**

这是一首描写春景的清新婉丽之作，表现了词人对春光流逝的叹息，以及自己的情感不为人知的烦恼。全词词意婉转，词情动人，于清新中蕴涵哀怨，于婉丽中透出伤情，意境朦胧，韵味无穷。

**【注释】**

(1)蝶恋花：词牌名。又名“凤栖梧”“鹊踏枝”等。双调，六十字，上下片各四仄韵。

(2)花褪残红青杏小：指杏花刚刚凋谢，青色的小杏正在成形。褪(tuì)：萎谢。

(3)柳绵：即柳絮。

(4)天涯何处无芳草：指春暖大地，处处长满了美美芳草。

(5)渐悄：渐渐没有声音。

(6)多情：指旅途行人过分多情。却被：反被。无情：指墙内荡秋千的佳人毫无觉察。

# 水调歌头·明月几时有[1]

## 苏 轼

丙辰中秋，欢饮达旦[2]，大醉，作此篇，兼怀子由[3]。

明月几时有？把酒[4]问青天。不知天上宫阙[5]，今夕是何年。我欲乘风归去[6]，又恐琼楼玉宇[7]，高处不胜寒[8]。起舞弄清影[9]，何似[10]在人间？

转朱阁，低绮户，照无眠[11]。不应有恨、何事长向别时圆[12]？人有悲欢离合，月有阴晴圆缺，此事[13]古难全。但[14]愿人长久，千里共婵娟[15]。

**【说明】**

这首词是苏轼1076年（宋神宗熙宁九年）中秋在密州望月怀人之作，表达了对胞弟苏辙的无限怀念。本词落笔潇洒，舒卷自如，情与景融，境与思偕，思想深刻而境界高逸，充满哲理，是苏轼词的典范之作。

**【注释】**

(1)水调歌头：词牌名。

(2)丙辰：指1076年（宋神宗熙宁九年）。这一年苏轼在密州（今山东省诸城市）任太守。达旦：到天亮。

(3)子由：苏轼的弟弟苏辙的字，与其父苏洵、其兄苏轼并称“三苏”。

(4)把酒：端起酒杯。把：执、持。

(5)天上宫阙（què）：指月中宫殿。阙：古代城墙后的石台。

(6)乘风：驾着风，凭借风力。归去：回去，这里指回到月宫里去。

(7)琼（qióng）楼玉宇：美玉砌成的楼宇，指想象中的仙宫。

(8)不胜（旧时读 shēng）：经不住，承受不了。胜：承担、承受。

(9)弄清影:意思是月光下的身影也跟着做出各种舞姿。弄:玩弄,欣赏。

(10)何似:何如,哪里比得上。

(11)转朱阁,低绮(qǐ)户,照无眠:月儿移动,转过了朱红色的楼阁,低低地挂在雕花的窗户上,照着没有睡意的人(指诗人自己)。朱阁:朱红的华丽楼阁。绮户:雕饰华丽的门窗。

(12)不应有恨,何事长(cháng)向别时圆:(月儿)不该(对人们)有什么遗憾吧,为什么偏在人们分离时圆呢?何事:为什么。

(13)此事:指人的“欢”“合”和月的“晴”“圆”。

(14)但:只。

(15)千里共婵(chán)娟(juān):只希望两人年年平安,虽然相隔千里,也能一起欣赏这美好的月光。共:一起欣赏。婵娟:原指美好的事物。本处指月亮。

# 定风波·莫听穿林打叶声[(1)]

## 苏　轼

三月七日,沙湖[(2)]道中遇雨。雨具先去,同行皆狼狈[(3)],余独不觉。已而[(4)]遂晴,故作此词。

莫听穿林打叶声[(5)],何妨吟啸且徐行[(6)]。竹杖芒鞋轻胜马[(7)],谁怕?一蓑烟雨任平生[(8)]。

料峭春风吹酒醒[(9)],微冷,山头斜照却相迎[(10)]。回首向来萧瑟处[(11)],归去,也无风雨也无晴[(12)]。

【说明】

这首词是苏轼在野外途中偶遇风雨这一生活中的小事而作,于简朴中见深意，于寻常处生奇景，表现出旷达超脱的胸襟，寄寓着超凡脱俗的人生理想。上片着眼于雨中，下片着眼于雨后，全词体现出一个正直文人在坎坷人生中力求解脱之道，篇幅虽短，但意境深邃，内蕴丰富，诠释着作者的人生信念，展现着作者的精神追求。

【注释】

(1)定风波：词牌名。

(2)沙湖：在今湖北黄冈东南三十里，又名螺丝店。

(3)狼狈：进退皆难的困顿窘迫之状。

(4)已而：过了一会儿。

(5)穿林打叶声：指大雨点透过树林打在树叶上的声音。

(6)吟啸：放声吟咏。

(7)芒鞋：草鞋。

(8)一蓑烟雨任平生：披着蓑衣在风雨里过一辈子也处之泰然。一蓑(suō)：蓑衣，用棕制成的雨披。

(9)料峭：微寒的样子。

(10)斜照：偏西的阳光。

(11)向来：方才。萧瑟：风雨吹打树叶声。

(12)也无风雨也无晴：意谓既不怕雨，也不喜晴。

## 念奴娇·赤壁怀古(1)

### 苏　轼

大江东去(2)，浪淘尽(3)，千古风流人物(4)。故垒西边(5)，人道是：三国周郎赤壁(6)。乱石穿空，惊涛拍岸，卷起千堆雪(7)。江山如画，一时多少豪杰。

遥想公瑾当年[8]，小乔初嫁了[9]，雄姿英发[10]。羽扇纶巾[11]，谈笑间，樯橹灰飞烟灭[12]。故国神游[13]，多情应笑我，早生华发[14]。人生如梦，一尊还酹江月[15]。

【说明】

这首词是豪放词的代表作之一。作者借对古代战场的凭吊和对风流人物才略、气度、功业的追念，曲折地表达了怀才不遇、功业未就、老大未成的忧愤之情，同时表现了其关注历史和人生的旷达之心。全词借古抒怀，雄浑苍凉，大气磅礴，笔力遒劲，境界宏阔，将写景、咏史、抒情融为一体，给人以撼魂荡魄的艺术力量，被誉为"古今绝唱"。

【注释】

(1)念奴娇：词牌名。又名"百字令""酹江月"等。赤壁：此指黄州赤壁，一名"赤鼻矶"，在今湖北黄冈西。而三国古战场的赤壁，文化界认为在今湖北赤壁市蒲圻县西北。

(2)大江：指长江。

(3)淘：冲洗，冲刷。

(4)风流人物：指杰出的历史名人。

(5)故垒：过去遗留下来的营垒。

(6)周郎：指三国时吴国名将周瑜，字公瑾，少年得志，二十四为中郎将，掌管东吴重兵，吴中皆呼为"周郎"。下文中的"公瑾"，即指周瑜。

(7)雪：比喻浪花。

(8)遥想：形容想得很远；回忆。

(9)小乔初嫁了(liǎo)：《三国志・吴志・周瑜传》载，周瑜从孙策攻皖，"得桥公两女，皆国色也。策自纳大桥，瑜纳小桥。"乔，本作"桥"。其时距赤壁之战已经十年，此处言"初嫁"，是言其少年得意，倜傥风流。

(10)雄姿英发(fā)：谓周瑜体貌不凡，言谈卓绝。英发：谈吐不凡，见识卓越。

(11)羽扇纶(guān)巾：古代儒将的便装打扮。羽扇：羽毛制成的扇子。

纶巾:青丝制成的头巾。

(12)樯橹(qiánglǔ):这里代指曹操的水军战船。樯:挂帆的桅杆。橹:一种摇船的桨。“樯橹”一作“强虏”,又作“樯虏”,又作“狂虏”。

(13)故国神游:“神游故国”的倒文。故国:这里指旧地,当年的赤壁战场。神游:于想象、梦境中游历。

(14)“多情”二句:“应笑我多情,早生华发”的倒文。华发(fà):花白的头发。

(15)一尊还(huán)酹(lèi)江月:古人祭奠以酒浇在地上祭奠。这里指洒酒酬月,寄托自己的感情。尊:通“樽”,酒杯。

# 惠崇春江晚景

## 苏　轼

竹外桃花三两枝,春江水暖鸭先知。

蒌蒿满地芦芽短(1),正是河豚欲上时(2)。

**【说明】**

这首是苏轼写的题画诗。惠崇是宋初九僧之一,能诗善画,以工于小景见称。《春江晚景》是他的画作,共两幅,一幅是鸭戏图,一幅是飞雁图。苏轼的题画诗也有两首,这首是题在鸭戏图的诗。

**【注释】**

(1)蒌(lóu)蒿(hāo):草名,有青蒿、白蒿等种。芦芽:芦苇的幼芽,可食用。

(2)河豚:鱼的一种,学名“鲀”,肉味鲜美,但是卵巢和肝脏有剧毒。产于我国沿海和一些内河。每年春天逆江而上,在淡水中产卵。上:指逆江而上。

# 赠刘景文[1]

## 苏　轼

荷尽已无擎雨盖[2]，菊残犹有傲霜枝[3]。

一年好景君须记[4]，正是橙黄橘绿时[5]。

**【说明】**

这首七言绝句作于元祐五年（1090），是作者送给好友刘景文的一首勉励诗。

**【注释】**

（1）刘景文：刘季孙，字景文，工诗，时任两浙兵马都监，驻杭州。苏轼视他为国士，曾上表推荐，并以诗歌唱酬往来。

（2）荷尽：荷花枯萎，残败凋谢。擎（qíng）：举，向上托。雨盖：旧称雨伞，诗中比喻荷叶舒展的样子。

（3）菊残：菊花凋谢。犹：仍然。傲霜：不怕霜动寒冷，坚强不屈。

（4）君：原指古代君王，后泛指对男子的敬称，您。须记：一定要记住。

（5）正是：一作“最是”。橙黄橘绿时：指橙子发黄、橘子将黄犹绿的时候，指农历秋末冬初。

# 题西林壁[1]

## 苏　轼

横看成岭侧成峰[2]，远近高低各不同[3]。

不识庐山真面目[4]，只缘身在此山中[5]。

【说明】

这是一首诗中有画的写景诗,又是一首哲理诗,哲理蕴含在对庐山景色的描绘之中。

【注释】

(1)题西林壁:写在西林寺的墙壁上。西林:西林寺,在江西庐山西麓。题:书写,题写。

(2)横看:从正面看。庐山总是南北走向,横看就是从东面西面看。侧:侧面。

(3)各不同:各不相同。

(4)不识:不能认识,辨别。真面目:指庐山真实的景色、形状。

(5)缘:因为;由于。此山:这座山,指庐山。

## 饮湖上初晴后雨(1)

### 苏　轼

水光潋滟晴方好(2),山色空濛雨亦奇(3)。

欲把西湖比西子(4),淡妆浓抹总相宜(5)。

【说明】

苏轼于宋神宗熙宁四年至七年(1071—1074)任杭州通判,曾写下大量有关西湖景物的诗。这首诗正是写于诗人任杭州通判期间的一首赞美西湖美景的七言绝句。此诗不是描写西湖的一处之景、一时之景,而是对西湖美景的全面描写品评,尤其是后二句,被认为是对西湖的恰当评语。

【注释】

(1)湖上:在西湖的船上饮酒。

(2)潋滟(liàn yàn):水波荡漾、波光闪动的样子。方好:正显得美。

(3)空濛:细雨迷蒙的样子。濛:一作“蒙”。亦:也。奇:奇妙。

(4)欲:可以;如果。西子:即西施,春秋时代越国著名的美女。

(5)总相宜:总是很合适,十分自然。

## 望湖楼醉书[1](其一)

### 苏　轼

黑云翻墨未遮山[2],白雨跳珠乱入船[3]。
卷地风来忽吹散[4],望湖楼下水如天[5]。

【说明】

这首诗苏轼谪居杭州期间所作,共五首。这组诗写作者游览杭州西湖,描述作者在湖中巡游时所看到的情景,展示了杭州西湖奇妙的湖光山色。

【注释】

(1)望湖楼:古建筑名,又叫看经楼。位于杭州西湖畔,五代时吴越王钱弘俶所建。醉书:饮酒醉时写下的作品。

(2)翻墨:打翻的黑墨水,形容云层很黑。遮:遮盖,遮挡。

(3)白雨:指夏日阵雨的特殊景观,因雨点大而猛,在湖光山色的衬托下,显得白而透明。跳珠:跳动的水珠(珍珠),用"跳珠"形容雨点,说明雨点大,杂乱无序。

(4)卷地风来:指狂风席地卷来。又如,韩愈《双鸟》诗:"春风卷地起,百鸟皆飘浮。"忽:突然。

(5)水如天:形容湖面像天空一般开阔而且平静。

## 望湖楼晚景

### 苏　轼

横风吹雨入楼斜，壮观应须好句夸。

雨过潮平江海碧，电光时掣紫金蛇(1)。

【说明】

熙宁五年(1072)苏轼被派遣担任杭州州试的监试，余暇，到凤凰山上的望海楼闲坐，写下这首诗。本诗通过写横风斜雨，江潮涌动，运用比喻手法，生动形象地写出了雨前雨后的壮观美景，使人有雄壮之感。

【注释】

(1)时：时时；掣(chè)：拉，拽；紫金蛇：形容闪电的形状和色彩。

## 琴　诗

### 苏　轼

若言琴上有琴声(1)，放在匣中何不鸣(2)？

若言声在指头上，何不于君指上听(3)？

【说明】

这是一首哲理诗，揭示了琴、手和琴声三者之间的矛盾关系，语言虽然浅显直白，但是却蕴含着深刻的道理，值得我们大家去思考。任何一件事都是有几个因素相辅相成的。因此我们在事物的联系中不能过于强调某一方面，忽视另一方面，应该做到相互依存，否则就会出现漏缺，于事无补。

【注释】

(1)若:如果。

(2)匣:放琴的盒子。

(3)何:为何。

## 鹊桥仙·纤云弄巧(1)

### 秦　观

纤云弄巧(2),飞星传恨(3),银汉迢迢暗度(4)。金风玉露一相逢(5),便胜却人间无数。

柔情似水,佳期如梦,忍顾鹊桥归路(6)。两情若是久长时,又岂在朝朝暮暮(7)。

【说明】

秦观(1049—1100),北宋淮南东路高邮人,字少游,一字太虚,别号邗(hán)沟居士,学者称其淮海居士。他长于议论,文丽思深,兼有诗、词、文赋和书法多方面的艺术才能,尤以婉约之词驰名于世。为“苏门四学士”之一。秦观是北宋文学史上的一位重要作家,被尊为婉约派一代词宗。

这首词是一曲爱情颂歌,全词哀乐交织,抒情与议论于一炉,融天上人间为一体,优美的形象与深沉的感情结合起来讴歌了美好的爱情。

【注释】

(1)鹊桥仙,词牌名,又名“鹊桥仙令”“金风玉露相逢曲”“广寒秋”。

(2)纤云:轻盈的云彩。弄巧:指云彩在空中幻化成各种巧妙的花样。

(3)飞星:流星。一说指牵牛、织女二星。

(4)银汉:银河。迢迢:遥远的样子。暗度:悄悄渡过。

(5)金风玉露:指秋风白露。

(6)忍顾:怎忍回视。

(7)朝朝暮暮:指朝夕相聚。语出宋玉《高唐赋》。

## 苏幕遮·燎沉香

### 周邦彦

燎[1]沉香[2],消溽暑[3]。鸟雀呼晴[4],侵晓窥檐语[5]。叶上初阳干宿雨[6],水面清圆[7],一一风荷举[8]。

故乡遥,何日去?家住吴门[9],久作长安旅[10]。五月渔郎相忆否?小楫轻舟[11],梦入芙蓉浦[12]。

【说明】

周邦彦(1057—1121),北宋著名词人。字美成,号清真居士,钱塘(今浙江杭州)人。周邦彦精通音律,曾提举大晟府(最高音乐机关),负责谱制词曲,供奉朝廷。其作品多写闺情、羁旅,也有咏物之作。作品在婉约词人中长期被尊为“正宗”。

这首词由眼前的荷花想到故乡的荷花,游子浓浓的思乡情,向荷花娓娓道来,构思尤为巧妙别致。上片主要描绘荷花姿态,下片由荷花梦回故乡。全词写景写人写情写梦皆语出天然,不加雕饰而风情万种,通过对清圆的荷叶、五月的江南、渔郎的轻舟这些情景进行虚实变幻的描写,思乡之苦表达得淋漓尽致。

【注释】

(1)燎(liáo):细焚。

(2)沉香:一种名贵香料,置水中则下沉,故又名沉水香,其香味可辟恶气。

(3)溽(rù)暑:夏天闷热潮湿的暑气。沈约《休沐寄怀》诗:“临池清溽暑,开幌望高秋。”溽:湿润潮湿。

(4)呼晴:唤晴。旧有鸟鸣可占晴雨之说。

(5)侵晓:拂晓。侵:渐近。

(6)宿雨:隔夜的雨。

(7)清圆:清润圆正。

(8)一一风荷举:意味荷叶迎着晨风,每一片荷叶都挺出水面。举:擎起。

(9)吴门:古吴县城亦称吴门,即今之江苏苏州,此处以吴门泛指吴越一带。作者是钱塘人,钱塘古属吴郡,故称之。

(10)久作长安旅:长年旅居在京城。长安,借指北宋的都城汴京(今河南开封)。旅:客居。

(11)楫(jí):划船用具,短桨。

(12)芙蓉浦:有荷花的水边。有溪涧可通的荷花塘。词中指杭州西湖。浦:水湾、河流。芙蓉:又叫“芙蕖”,荷花的别称。

## 如梦令·常记溪亭日暮(1)

### 李清照

常记溪亭日暮(2),沉醉不知归路。兴尽晚回舟(3),误入藕花深处(4)。争渡(5),争渡,惊起一滩鸥鹭(6)。

**【说明】**

李清照(1084—约1151),宋代女词人。号易安居士,齐州章丘(今属山东)人。

这是一首忆昔词,寥寥数语,似乎是随意而出,却又惜墨如金,句句含有深意。全词不事雕琢,以女词人特有的方式表达了早期生活的情趣和心境,境界优美怡人,给人以足够的美的享受。

【注释】

(1)如梦令:词牌名,又名"忆仙姿""宴桃源"。五代时后唐庄宗李存勗创作。《清真集》入"中吕调"。三十三字,五仄韵,一叠韵。

(2)常记:长久记忆。溪亭:临水的亭台。

(3)兴尽:尽了酒宴兴致。

(4)藕花:荷花。

(5)争:怎,怎么。

(6)鸥鹭:泛指水鸟。

# 一剪梅·红藕香残玉簟秋(1)

## 李清照

红藕香残玉簟秋(2),轻解罗裳,独上兰舟(3)。云中谁寄锦书来(4)?雁字回时(5),月满西楼。

花自飘零水自流(6),一种相思,两处闲愁(7)。此情无计可消除(8),才下眉头,却上心头。

【说明】

这首词作于李清照与丈夫赵明诚离别之后,寄寓着词人不忍离别的一腔深情,全词以女性特有的真挚情感,展示出一种婉约之美,格调清新,意境幽美,称得上是一首工致精巧的别情佳作。

【注释】

(1)一剪梅:词牌名,双调小令,六十字,有前后阕句句用叶韵者,而李清照此词上下阕各三平韵,应为其变体。每句并用平收,声情低抑。此调因李清照这首词而又名"玉簟秋"。

(2)玉簟(diàn):光滑如玉的竹席。

(3)兰舟:船的美称。一说“兰舟”特指睡眠的床榻。

(4)锦书:书信的美称。

(5)雁字:雁群飞行时,常排列成“人”字或“一”字形,因称“雁字”。相传雁能传书。

(6)飘零:凋谢,凋零。

(7)闲愁:无端无谓的忧愁。

(8)无计:没有办法。

## 渔家傲·天接云涛连晓雾(1)

### 李清照

天接云涛连晓雾,星河欲转千帆舞(2)。仿佛梦魂归帝所(3)。闻天语(4),殷勤问我归何处(5)。

我报路长嗟日暮(6),学诗谩有惊人句(7)。九万里风鹏正举(8)。风休住,蓬舟吹取三山去(9)!

**【说明】**

此词作于李清照南渡之后。根据《金石录后序》记载,1130 年(宋高宗建炎四年)春间,李清照曾在海上航行,历尽风涛之险。此词中写到大海、乘船,人物有天帝及词人自己,都与这段真实的生活所得到的感受有关。

**【注释】**

(1)渔家傲:词牌名。

(2)星河:银河。转:《历代诗余》作“曙”。

(3)帝所:天帝居住的地方。

(4)天语:天帝的话语。

(5)殷勤:关心地。

(6)我报路长嗟(jiē)日暮:路长,隐括屈原《离骚》“路曼曼其修远兮,我将上下而求索”之意。日暮,隐括屈原《离骚》“欲少留此灵琐兮,日忽忽其将暮”之意。嗟:慨叹。

(7)学诗谩有惊人句:隐括杜甫句“语不惊人死不休”。谩有:空有。

(8)九万里:《庄子·逍遥游》中说大鹏乘风飞上九万里高空。鹏:古代神话传说中的大鸟。

(9)蓬舟:像蓬蒿被风吹转的船。古人以蓬根被风吹飞,喻飞动。吹取:吹得。三山:《史记·封禅书》记载:渤海中有蓬莱、方丈、瀛洲三座仙山,相传为仙人所居住,可以望见,但乘船前往,临近时就被风吹开,终无人能到。

# 夏日绝句

## 李清照

生当作人杰(1),死亦为鬼雄(2)。

至今思项羽(3),不肯过江东(4)。

**【说明】**

这是一首借古讽今、抒发悲愤的怀古诗。诗的前两句,语出惊人,直抒胸臆,提出“生当作人杰”,为国建功立业,报效朝廷;“死”也应该做“鬼雄”,方才不愧于顶天立地的好男儿。深深的爱国之情喷涌而出,震撼人心。最后两句,诗人通过歌颂项羽的悲壮之举来讽刺南宋当权者不思进取、苟且偷生的无耻行径。全诗只有短短的二十个字,却连用三个典故,可谓字字珠玑,字里行间透出一股正气。

**【注释】**

(1)人杰:人中的豪杰。汉高祖曾称赞开国功臣张良、萧何、韩信是“人杰”。

(2)鬼雄:鬼中的英雄。屈原《国殇》:“身既死兮神以灵,子魂魄兮为鬼雄。”

(3)项羽:秦末时自立为西楚霸王,与刘邦争夺天下,在垓下之战中,兵败自杀。

(4)江东:项羽当初随叔父项梁起兵的地方。

## 三衢道中(1)

### 曾　几

梅子黄时日日晴(2),小溪泛尽却山行(3)。
绿阴不减来时路(4),添得黄鹂四五声(5)。

**【说明】**

曾几(jī)(1084—1166),南宋诗人,字吉甫,号茶山居士,赣州(今江西赣州市)人。曾几学识渊博,勤于政事。他的学生陆游替他作《墓志铭》,称他“治经学道之余,发于文章,雅正纯粹,而诗尤工。”后人将其列入江西诗派。这首诗是诗人游浙江衢州三衢山时写的一首七言绝句,抒写诗人对旅途风物的新鲜感受。

**【注释】**

(1)三衢(qú)道中:在去三衢州的道路上。三衢即衢州,今浙江省常山县,因境内有三衢山而得名。

(2)梅子黄时:指五月,梅子成熟的季节。

(3)小溪泛尽:乘小船走到小溪的尽头。小溪:小河沟。泛:乘船。尽:尽头。却山行:再走山间小路。却:再的意思。

(4)绿阴:苍绿的树阴。阴:树阴。不减:并没有少多少,差不多。

(5)黄鹂(lí):黄莺。

# 满江红·写怀[1]

## 岳　飞

怒发冲冠[2]，凭阑处[3]、潇潇雨歇[4]。抬望眼，仰天长啸[5]，壮怀激烈[6]。三十功名尘与土[7]，八千里路云和月[8]。莫等闲[9]、白了少年头，空悲切[10]。

靖康耻[11]，犹未雪。臣子恨，何时灭。驾长车，踏破贺兰山缺[12]。壮志饥餐胡虏肉[13]，笑谈渴饮匈奴血[14]。待从头、收拾旧山河，朝天阙[15]。

【说明】

岳飞（1103—1142），字鹏举，宋相州汤阴县（今河南汤阴县）人，抗金名将，中国历史上著名军事家、战略家、书法家、诗人、民族英雄，位列南宋中兴四将之首。官至枢密副使，封武昌郡开国公。因不附和议，被秦桧所陷，被害于大理寺狱。孝宗时追谥武穆，宁宗时追封鄂王，理宗时改谥忠武。

这首词，表现了作者抗击金兵、收复故土、统一祖国的强烈的爱国精神。词的上片抒写作者对中原身陷敌手的悲愤，对局势前功尽弃的痛惜，表达了自己继续努力争取壮年立功的心愿；下片抒写作者对民族敌人的深仇大恨，对祖国统一的殷切愿望，对国家朝廷的赤胆忠心。全词情调激昂，慷慨壮烈，显示出一种浩然正气和英雄气质。

【注释】

(1)满江红：词牌名，又名“上江虹”“念良游”“伤春曲”等。双调九十三字。

(2)怒发（fà）冲冠：气得头发竖起，以至于将帽子顶起。形容愤怒至极。

(3)凭阑：身倚栏杆。阑，同“栏”。

(4)潇潇:形容雨势急骤。

(5)长啸:大声呼叫。啸,蹙口发出的叫声。

(6)壮怀:奋发图强的志向。

(7)"三十"句:谓自己已经三十岁了,得到的功名,如同尘土一样微不足道。三十,是约数。功名,或指岳飞攻克襄阳六郡以后建节晋升之事。

(8)"八千"句:形容南征北战、路途遥远、披星戴月。八千,是约数,极言沙场征战行程之远。

(9)等闲:轻易,随便。

(10)空悲切:即白白的痛苦。

(11)靖康耻:宋钦宗靖康二年(1127),金兵攻陷汴京,虏走徽、钦二帝。靖康,宋钦宗赵桓的年号。

(12)贺兰山:贺兰山脉,位于宁夏回族自治区与内蒙古自治区交界处,当时被金兵占领。一说是位于邯郸市磁县境内的贺兰山。

(13)胡虏:对女真贵族入侵者的蔑称。

(14)匈奴:古代北方民族之一,这里指金入侵者。

(15)朝天阙:朝见皇帝。天阙,本指宫殿前的楼观,此指皇帝居住的地方。明代王熙书《满江红》词碑作"朝金阙"。

## 卜算子(1)·咏梅

### 陆　游

驿外断桥边(2),寂寞开无主(3)。

已是黄昏独自愁,更著风和雨(4)。

无意苦争春(5),一任群芳妒(6)。

零落成泥碾作尘(7),只有香如故(8)。

【说明】

陆游(1125—1210),字务观,号放翁,汉族,越州山阴(今绍兴)人,尚书右丞陆佃之孙,南宋文学家、史学家、爱国诗人。

这是一首咏梅词,上片集中写了梅花的困难处境,下片写梅花的崇高气节。词人以物喻人,托物言志,以清新的笔调写出了傲然不屈的梅花,暗喻了自己虽终生坎坷却坚贞不屈,达到了物我融一的境界,笔致细腻,意味深隽,是咏梅词中的绝唱。

【注释】

(1)卜算子:词牌名,又名《百尺楼》《眉峰碧》《楚天遥》,双调四十四字,上下片各两仄韵。

(2)驿(yì)外:指荒僻、冷清之地。驿:驿站,供驿马或官吏中途休息的专用建筑。断桥:残破的桥。一说"断"通"簖",簖桥乃是古时在为拦河捕鱼蟹而设簖之处所建之桥。

(3)无主:自生自灭,无人照管和玩赏。

(4)更:又,再。著(zhuó):同"着",遭受,承受。

(5)苦:尽力,竭力。争春:与百花争奇斗艳。

(6)一任:全任,完全听凭。群芳:群花,这里借指苟且偷安的主和派。

(7)碾(niǎn):轧烂,压碎。作尘:化作灰土。

(8)香如故:香气依旧存在。故:指花开时。

## 书　愤(1)

### 陆　游

早岁那知世事艰(2),中原北望气如山(3)。
楼船夜雪瓜洲渡(4),铁马秋风大散关(5)。
塞上长城空自许(6),镜中衰鬓已先斑(7)。

出师一表真名世[8]，千载谁堪伯仲间[9]！

【说明】

这首七言律诗是诗人于宋孝宗淳熙十三年(1186)春别居家乡山阴时所作。陆游时年六十有一，这已是时不待我的年龄，然而诗人被黜，罢官已六年，挂着一个空衔在故乡谪居。想到山河破碎，中原未收而"报国欲死无战场"，感于世事多艰，小人误国而"书生无地效孤忠"，于是诗人郁愤之情便喷薄而出。

【注释】

(1)书愤：书写自己的愤恨之情。书，写。

(2)早岁：早年，年轻时。那：即"哪"。世事艰：指抗金大业屡遭破坏。

(3)"中原"句：北望中原，收复故土的豪迈气概坚定如山。中原北望："北望中原"的倒文。气：气概。

(4)"楼船"句：楼船，指采石之战中宋军使用的车船，又名明轮船、车轮柯。车船在宋代盛极一时。因这种战船高大有楼，故把它称之为楼船。瓜洲：在今江苏邗江南长江边，与镇江隔江相对，是当时的江防要地。

(5)铁马：披着铁甲的战马。大散关：在今陕西宝鸡西南，是当时宋金的西部边界。

(6)"塞上"句：意为作者徒然地自许为"塞上长城"。塞上长城：比喻能守边的将领。

(7)衰鬓：年老而疏白的头发。斑：指黑发中夹杂了白发。

(8)出师一表：蜀汉后主建兴五年(227)三月，诸葛亮出兵伐魏前曾写了一篇《出师表》，表达了自己"奖率三军，北定中原"，"兴复汉室，还于旧都"的坚强决心。名世：名传后世。

(9)堪：能够。伯仲：原指兄弟间的次第。这里比喻人物不相上下，难分优劣高低。

# 临安春雨初霁(1)

## 陆 游

世味年来薄似纱(2),谁令骑马客京华(3)?
小楼一夜听春雨,深巷明朝卖杏花(4)。
矮纸斜行闲作草(5),晴窗细乳戏分茶(6)。
素衣莫起风尘叹(7),犹及清明可到家。

【说明】

这是诗人陆游晚年时期所作的七言律诗,当时已在家乡山阴(今浙江绍兴)赋闲了五年。淳熙十三年(1186)春,作者奉诏入京,接受严州知州的职务,赴任之前,先到临安(今浙江杭州)去觐见皇帝,住在西湖边上的客栈里听候召见,在百无聊赖中,写下了这首广泛传诵的名作。

【注释】

(1)霁(jì):雨后或雪后转晴。

(2)世味:人世滋味;社会人情。

(3)客:客居,原作"驻",据钱仲联校注本改。京华:京城之美称。因京城是文物、人才汇集之地,故称。

(4)深巷:很长的巷道。明朝(zhāo):明日早晨。

(5)矮纸:短纸、小纸。斜行:倾斜的行列。草:指草书。

(6)晴窗:明亮的窗户。细乳:沏茶时水面呈白色的小泡沫。戏:原作"试",据钱仲联校注本改。分茶:宋元时煎茶之法。注汤后用箸搅茶乳,使汤水波纹幻变成种种形状。

(7)素衣:原指白色的衣服,这里用作代称。是诗人对自己的谦称(类似于"素士")。风尘叹:因风尘而叹息。暗指不必担心京城的不良风气会污染自己的品质。

## 游山西村

### 陆　游

莫笑农家腊酒浑(1)，丰年留客足鸡豚(2)。
山重水复疑无路(3)，柳暗花明又一村(4)。
箫鼓追随春社近(5)，衣冠简朴古风存(6)。
从今若许闲乘月(7)，拄杖无时夜叩门(8)。

**【说明】**

这是一首纪游抒情诗，抒写江南农村日常生活，诗人紧扣诗题"游"字，但又不具体描写游村的过程，而是剪取游村的见闻，来体现不尽之游兴。全诗以游村贯穿，并把秀丽的山村自然风光与淳朴的村民习俗和谐地统一在完整的画面上，构成了优美的意境和恬淡、隽永的格调。

**【注释】**

(1)腊酒：腊月里酿造的酒。

(2)足鸡豚(tún)：意思是准备了丰盛的菜肴。足：足够，丰盛。豚：小猪，诗中代指猪肉。

(3)山重水复：一座座山、一道道水重重叠叠。

(4)柳暗花明：柳色深绿，花色红艳。

(5)箫鼓：吹箫打鼓。春社：古代把立春后第五个戊日作为春社日，拜祭社公(土地神)和五谷神，祈求丰收。

(6)古风：有古人之风度也。《唐书·王仲舒传》："穆宗常言仲舒之文有古风。"杜甫《吾宗》诗："吾宗老孙子，质朴古人风。"古风存：保留着淳朴古代风俗。

(7)若许:如果这样。闲乘月:有空闲时趁着月光前来。

(8)无时:没有一定的时间,即随时。叩(kòu)门:敲门。

# 十一月四日风雨大作

## 陆　游

僵卧孤村不自哀(1),尚思为国戍轮台(2)。
夜阑卧听风吹雨(3),铁马冰河入梦来(4)。

**【说明】**

这首诗是绍熙三年(1192)陆游退居家乡山阴时所作。当时诗人已经六十八岁,虽然年迈,但爱国情怀丝毫未减,日夜思念报效祖国。诗人收复国土的强烈愿望,在现实中已不可能实现,于是,在一个“风雨大作”的夜里,触景生情,由情生思,在梦中实现了自己金戈铁马驰骋中原的愿望。这首诗感情深沉悲壮,凝聚了诗人的爱国主义激情。

**【注释】**

(1)僵卧:直挺挺地躺着。这里形容自己穷居孤村,无所作为。僵,僵硬。孤村:孤寂荒凉的村庄。不自哀:不为自己哀伤。

(2)思:想着,想到。戍(shù)轮台:在新疆一带防守,这里指戍守边疆。戍:守卫。轮台:在今新疆境内,是古代边防重地。此代指边关。

(3)夜阑(lán):夜深。风吹雨:风雨交加,和题目中“风雨大作”相呼应;当时南宋王朝处于风雨飘摇之中,“风吹雨”也是时局写照,故诗人直到深夜尚难成眠。

(4)铁马:披着铁甲的战马。冰河:冰封的河流,指北方地区的河流。

# 秋夜将晓出篱门迎凉有感[1]

## 陆　游

三万里河东入海[2]，五千仞岳上摩天[3]。
遗民泪尽胡尘里[4]，南望王师又一年[5]。

【说明】

这是诗人陆游的组诗作品之一，共两首。这组爱国主义诗篇作于宋光宗绍熙三年（1192）的秋天，当时陆游已经六十八岁，被罢斥归故乡，在山阴乡下向往着中原地区的大好河山，也惦念着中原地区的人民，盼望宋朝能够尽快收复中原，实现统一。此时虽值初秋，暑威仍厉，天气的热闷与心头的煎沸，使他不能安睡。将晓之际，他步出篱门，以舒烦热，心头怅触，写下这首诗。

【注释】

（1）将晓：天将要亮。篱门：竹子或树枝编的门。迎凉：出门感到一阵凉风。

（2）三万里：长度，形容它的长，是虚指。河：指黄河。

（3）五千仞（rèn）：形容它的高。仞：古代计算长度的一种单位，周尺八尺或七尺，周尺一尺约合二十三厘米。岳：指五岳之一西岳华山。黄河和华山都在金人占领区内。一说指北方泰、恒、嵩、华诸山。摩天：迫近高天，形容极高。摩：摩擦、接触或触摸。

（4）遗民：指在金占领区生活的汉族人民，却认同南宋王朝统治的人民。泪尽：眼泪流干了，形容十分悲惨、痛苦。胡尘：指金人入侵中原，也指胡人骑兵的铁蹄践踏扬起的尘土和金朝的暴政。胡：中国古代对北方和西方少数民族的泛称。

（5）南望：远眺南方。王师：指宋朝的军队。

# 示 儿[1]

## 陆 游

死去元知万事空[2],但悲不见九州同[3]。

王师北定中原日[4],家祭无忘告乃翁[5]。

**【说明】**

这首诗是诗人的绝笔。此诗传达出诗人临终时复杂的思想情绪和忧国忧民的爱国情怀,表现了诗人一生的心愿。

**【注释】**

(1)示儿:写给儿子们看。

(2)元知:原本知道。万事空:什么也没有了。

(3)但:只是。悲:悲伤。九州:这里代指宋代的中国。古代中国分为九州,所以常用九州指代中国。同:统一。

(4)王师:指南宋朝廷的军队。北定:将北方平定。中原:指淮河以北被金人侵占的地区。

(5)家祭:祭祀家中先人。无忘:不要忘记。乃翁:你的父亲,指陆游自己。

# 小 池

## 杨万里

泉眼无声惜细流[1],树阴照水爱晴柔[2]。

小荷才露尖尖角[3],早有蜻蜓立上头[4]。

【说明】

杨万里(1127—1206),字廷秀,号诚斋,谥号“文节”。吉州吉水(今江西省吉水县黄桥镇湴塘村)人,南宋杰出爱国诗人。与陆游、尤袤、范成大并称“南宋四大家”(又作“中兴四大诗人”)。

这首诗中,作者运用丰富、新颖的想象和拟人的手法,细腻地描写了小池周边自然景物的特征和变化。

【注释】

(1)泉眼:泉水的出口。惜:吝惜。

(2)照水:映在水里。晴柔:晴天里柔和的风光。

(3)尖尖角:初出水端还没有舒展的荷叶尖端。

(4)上头:上面,顶端。为了押韵,“头”不读轻声。

## 晓出净慈寺送林子方(1)

### 杨万里

毕竟西湖六月中(2),风光不与四时同(3)。

接天莲叶无穷碧(4),映日荷花别样红(5)。

【说明】

全诗明白晓畅,过人之处就在于先写感受,再叙实景,从而造成一种先虚后实的效果,读过之后,确实能感受到六月西湖“不与四时同”的美丽风光。此诗通过描写六月西湖的美丽景色,曲折地表达对友人林子方的眷恋之情。

【注释】

(1)晓出:太阳刚刚升起。净慈寺:全名“净慈报恩光孝禅寺”,与灵隐寺为杭州西湖南北山两大著名佛寺。林子方:作者的朋友,官居直阁秘书。

(2)毕竟:到底。六月中:六月中旬。

(3)四时:春夏秋冬四个季节。在这里指六月以外的其他时节。同:相同。

(4)接天:像与天空相接。无穷:无边无际。无穷碧:因莲叶面积很广,似与天相接,故呈现无穷的碧绿。

(5)映日:日红。别样:宋代俗语,特别,不一样。别样红:红得特别出色。

# 四时田园杂兴[1](二首)

## 范成大

### 其一

昼出耘田夜绩麻[2],村庄儿女各当家[3]。
童孙未解供耕织[4],也傍桑阴学种瓜[5]。

### 其二

梅子金黄杏子肥,麦花雪白菜花稀。
日长篱落无人过[6],唯有蜻蜓蛱蝶飞[7]。

【说明】

范成大(1126—1193),字致能,号称石湖居士。汉族,平江吴县(今江苏苏州)人,南宋诗人,谥文穆。与杨万里、陆游、尤袤合称南宋“中兴四大诗人”。

《四时田园杂兴》是诗人退居家乡后写的一组大型的田家诗,共六十首,描写农村春、夏、秋、冬四个季节的景色和农民的生活,同时也反映了农民遭受的剥削以及生活的困苦。这是其中的两首,描写农村夏日生活中的两个不同场景。

【注释】

(1)杂兴:随兴写来,没有固定题材的诗篇。

(2)昼(zhòu):白天。耘田:除掉杂草。绩麻:把麻搓成线。

(3)各当家:各人都担任一定的工作。

(4)童孙:指儿童。未解:不懂。供:从事,参加。

(5)傍:靠近。桑阴:桑树底下阴凉地方。

(6)篱落:篱笆。

(7)蛱(jiá)蝶:蝴蝶。

## 春　日[1]

### 朱　熹

胜日寻芳泗水滨[2],无边光景一时新[3]。

等闲识得东风面[4],万紫千红总是春。

【说明】

朱熹(1130—1200),汉族,字元晦,又字仲晦,号晦庵,晚称晦翁,谥文,亦称朱文公。祖籍江南东路徽州府婺源县(今江西省婺源),出生于南剑州尤溪(今属福建省尤溪县)。南宋著名的理学家、思想家、哲学家、教育家、诗人、闽学派的代表人物,儒学集大成者,世尊称为朱子。朱熹是唯一非孔子亲传弟子而享祀孔庙,位列大成殿十二哲者中的思想家。

这首七言绝句表面描绘了春日美好的景致,实则是一首哲理诗,表达了诗人于乱世中追求圣人之道的美好愿望。

【注释】

(1)春日:春天。

(2)胜日:天气晴朗的好日子,也可看出人的好心情。寻芳:游春,踏青。

泗(sì)水:河名,在山东省。滨:水边,河边。

(3)光景:风光风景。

(4)等闲:平常、轻易。“等闲识得”是容易识别的意思。东风:春风。

# 观书有感

## 朱　熹

半亩方塘一鉴开(1),天光云影共徘徊(2)。

问渠那得清如许(3)?为有源头活水来(4)。

**【说明】**

这首诗是宋代学问家朱熹的组诗作品之一,共两首,是描绘其“观书”的感受,借助生动的形象揭示深刻的哲理。而这首诗是借助池塘水清因有活水注入的现象,比喻要不断接受新事物,才能保持思想的活跃与进步。

**【注释】**

(1)方塘:又称半亩塘,在福建尤溪城南郑义斋馆舍(后为南溪书院)内。鉴:一说为古代用来盛水或冰的青铜大盆。

(2)“天光”句:是说天的光和云的影子反映在塘水之中,不停地变动,犹如人在徘徊。徘徊:来回移动。

(3)渠:它,第三人称代词,这里指方塘之水。那得:怎么会。那:同“哪”,怎么的意思。清:清澈。如许:如此,这样。

(4)为:因为。源头活水:比喻知识是不断更新和发展的,只有不断地学习、运用和探索,才能使自己永保先进和活力,就像水源头一样。

# 题临安邸[1]

## 林 升

山外青山楼外楼，西湖歌舞几时休[2]？
暖风熏得游人醉[3]，直把杭州作汴州[4]。

【说明】

林升，字云友，又名梦屏，南宋诗人，约生活于南宋孝宗年间（1163—1189）。

这是一首写在临安城一家旅店墙壁上的诗，短短四句，情中有景，用西湖的美丽和繁华来反衬出作者的愤怒与忧虑，效果比平铺直叙要强烈很多。不但通过描写乐景来表哀情，使情感倍增，而且在深邃的审美境界中，蕴含着深沉的意蕴。同时，诗人以讽刺的语言，不露声色地揭露了“游人们”的反动本质，也由此表现出诗人的愤激之情。

【注释】

（1）临安：南宋的都城，今浙江省杭州市。金人攻陷北宋首都汴京后，南宋统治者逃亡到南方，建都于临安。邸（dǐ）：旅店。

（2）西湖：在浙江杭州城西。汉时称明圣湖、唐后始称西湖，为著名游览胜地。几时休：什么时候停止。

（3）熏（xūn）：吹，用于温暖馥郁的风。

（4）直：简直。汴州：即汴京，北宋的都城，今河南省开封市。

# 永遇乐[1] ·京口北固亭怀古[2]

## 辛弃疾

千古江山,英雄无觅孙仲谋处[3]。舞榭歌台[4],风流总被雨打风吹去。斜阳草树,寻常巷陌[5],人道寄奴曾住[6]。想当年,金戈铁马,气吞万里如虎[7]。

元嘉草草[8],封狼居胥[9],赢得仓皇北顾[10]。四十三年[11],望中犹记,烽火扬州路[12]。可堪回首[13],佛狸祠下[14],一片神鸦社鼓[15]。凭谁问:廉颇老矣,尚能饭否[16]?

**【说明】**

辛弃疾(1140—1207),原字坦夫,后改字幼安,号稼轩,山东东路济南府历城县(今济南市历城区遥墙镇四凤闸村)人。开禧三年(1207),辛弃疾病逝,年六十八。后赠少师,谥号"忠敏"。南宋豪放派词人、将领,有"词中之龙"之称。与苏轼合称"苏辛",与李清照并称"济南二安"。辛弃疾一生以恢复为志,以功业自诩,却命运多舛、备受排挤、壮志难酬。但他恢复中原的爱国信念始终没有动摇,而是把满腔激情和对国家兴亡、民族命运的关切、忧虑,全部寄寓于词作之中。作者怀着深重的忧虑和一腔悲愤写下这首词,全词豪壮悲凉,义重情深,放射着爱国主义的思想光辉。

**【注释】**

(1)永遇乐:词牌名,此调有平、仄两体。此体为双调一百零四字,上下片各十一句四仄韵。

(2)京口:古城名,即今江苏镇江。因临京岘山、长江口而得名。北固亭:晋蔡谟筑楼北固山上,称北固亭,原址位于今江苏镇江,北临长江,又称北顾亭。

(3)孙仲谋:孙权,字仲谋。孙权(182—252),东吴大帝,三国时期吴国的开国皇帝,曾建都京口。吴郡富春县(今浙江富阳)人。长沙太守孙坚次子,幼年跟随兄长吴侯孙策平定江东,汉献帝建安五年(200 年)孙策早逝,孙权继位为江东之主。

(4)舞榭(xiè)歌台:演出歌舞的台榭,这里代指孙权故宫。榭:建在高台上的房子。

(5)寻常巷陌:极窄狭的街道。寻常:古代指长度,八尺为寻,倍寻为常,形容窄狭。引申为普通、平常。巷、陌:这里都指街道。

(6)寄奴:南朝宋武帝刘裕小名。

(7)“想当年”三句:刘裕曾两次领兵北伐,收复洛阳、长安等地。金戈:用金属制成的长枪;铁马:披着铁甲的战马;都是当时精良的军事装备,这里指代精锐的部队。

(8)元嘉草草:刘裕子宋文帝刘义隆好大喜功,仓促北伐,反而让北魏太武帝拓跋焘抓住机会,招致大败。元嘉:刘义隆年号。草草:轻率。

(9)封狼居胥:狼居胥山,在内蒙古自治区西北部。汉武帝元狩四年(前 119 年)霍去病远征匈奴,歼敌七万余,于是“封狼居胥山,禅于姑衍”。南朝宋文帝刘义隆命王玄谟北伐,玄谟陈说北伐的策略,文帝说:“闻王玄谟陈说,使人有封狼居胥意”。词中用“元嘉北伐”失利事,以影射南宋“隆兴北伐”。

(10)赢得仓皇北顾:宋军北伐,为北魏军击败,北魏军趁机大举南侵,直抵扬州,吓得宋文帝亲自登上建康幕府山向北观望形势。赢得:剩得,落得。

(11)四十三年:作者于宋高宗绍兴三十二年(1162),从北方抗金南归,至宋宁宗开禧元年(1205),任镇江知府登北固亭写这首词时,前后共四十三年。

(12)烽火扬州路:指当年扬州地区,到处都是抗击金兵南侵的战火烽烟。路:宋朝时的行政区划,扬州属淮南东路。

(13)可堪:表面意为可以忍受得了,实则犹“岂堪”“那堪”,即怎能忍受得了。堪:忍受。

(14)佛(bì)狸祠:拓跋焘小名佛狸。元嘉二十七年(450),他曾反击刘宋,两个月的时间里,兵锋南下,五路远征军分道并进,从黄河北岸一路穿插到长江北岸。在长江北岸瓜步山建立行宫,即后来的佛狸祠。

(15)神鸦:指在庙里吃祭品的乌鸦。社鼓:祭祀时的鼓声。整句话的意思是,到了南宋时期,当地老百姓只把佛狸祠当作供奉神祇的地方,而不知道它过去曾是异族皇帝的行宫。

(16)“廉颇”二句:廉颇,战国时赵国名将。《史记·廉颇蔺相如列传》记载,廉颇被免职后,跑到魏国,赵王想再用他,派人去看他的身体情况,廉颇的仇人郭开贿赂使者,使者看到廉颇,廉颇为之米饭一斗,肉十斤,被甲上马,以示尚可用。使者回来报告赵王说:“廉颇将军虽老,尚善饭,然与臣坐,顷之三遗矢矣。”赵王以为廉颇已老,遂不用。

## 南乡子(1)·登京口北固亭有怀(2)

### 辛弃疾

何处望神州(3)?满眼风光北固楼(4)。千古兴亡多少事(5)?悠悠(6)。不尽长江滚滚流。

年少万兜鍪(7),坐断东南战未休(8)。天下英雄谁敌手(9)?曹刘(10)。生子当如孙仲谋(11)。

【说明】

此词通过对古代英雄人物的歌颂,表达了作者渴望像古代英雄人物那样金戈铁马,收拾旧山河,为国效力的壮烈情怀,饱含着浓浓的爱国思想,但也流露出作者报国无门的无限感慨,蕴含着对苟且偷安、毫无振作的南宋朝廷的愤懑之情。

【注释】

(1)南乡子:原为唐教坊曲名,后用为词牌名。有单调、双调两体。此词双调五十六字,上下片各四平韵,一韵到底。

(2)京口:今江苏省镇江市。北固亭:在今镇江市北固山上,下临长江,三面环水。

(3)望:眺望。神州:这里指沦陷的中原地区。

(4)北固楼:即北固亭。

(5)兴亡:指国家兴衰,朝代更替。

(6)悠悠:形容漫长、久远。

(7)年少:年轻。指孙权十九岁继父兄之业统治江东。万兜(dōu)鍪(móu):犹言千军万马。兜鍪:原指古代作战时兵士所带的头盔,这里代指士兵。

(8)坐断:坐镇,占据,割据。东南:指吴国在三国时地处东南方。休:停止。

(9)敌手:能力相当的对手。

(10)曹刘:指曹操与刘备。

(11)“生子”句:曹操率领大军南下,见孙权的军队雄壮威武,喟然而叹:“生子当如孙仲谋,刘景升儿子若豚犬耳。”

## 青玉案(1)·元夕(2)

### 辛弃疾

东风夜放花千树(3),更吹落,星如雨(4)。宝马雕车香满路(5)。凤箫声动(6),玉壶光转(7),一夜鱼龙舞(8)。

蛾儿雪柳黄金缕(9),笑语盈盈暗香去(10)。众里寻他千百度[11]，蓦然回首[12]，那人却在，灯火阑珊处[13]。

【说明】

这首词从极力渲染元宵节绚丽多彩的热闹场面入手，反衬出一个孤高淡泊、超群拔俗、不同于金翠脂粉的女性形象，寄托着作者政治失意后不愿与世俗同流合污的孤高品格。全词采用对比手法，上阕极写花灯耀眼、乐声盈耳的元夕盛况，下阕着意描写主人公在人群之中寻觅一位立于灯火零落处的孤高女子，构思精妙，语言精致，含蓄婉转，余味无穷。

【注释】

(1)青玉案：词牌名，取于东汉张衡《四愁诗》："美人赠我锦绣段，何以报之青玉案"一诗。又名"横塘路""西湖路"，双调六十七字，上下阕各五仄韵，上去通押。

(2)元夕：夏历正月十五日为上元节，元宵节，此夜称元夕或元夜。

(3)"东风"句：形容元宵夜花灯繁多。花千树，花灯之多如千树开花。

(4)星如雨：指焰火纷纷，乱落如雨。星：指焰火。形容满天的烟花。

(5)宝马雕车：豪华的马车。

(6)"凤箫"句：指笙、箫等乐器演奏。凤箫：箫的美称。

(7)玉壶：比喻明月。亦可解释为指灯。

(8)鱼龙舞：指舞动鱼形、龙形的彩灯，如鱼龙闹海一样。

(9)"蛾儿"句：写元夕的妇女装饰。蛾儿、雪柳、黄金缕，皆古代妇女元宵节时头上佩戴的各种装饰品。这里指盛装的妇女。

(10)盈盈：声音轻盈悦耳，亦指仪态娇美的样子。暗香：本指花香，此指女性们身上散发出来的香气。

(11)他：泛指第三人称，古时就包括"她"。千百度：千百遍。

(12)蓦(mò)然：突然，猛然。

(13)阑珊：零落稀疏的样子。

# 清平乐·村居[1]

## 辛弃疾

茅檐[2]低小，溪上青青草。醉里吴音相媚好[3]，白发谁家翁媪[4]？

大儿锄豆[5]溪东，中儿正织[6]鸡笼。最喜小儿亡赖[7]，溪头卧[8]剥莲蓬。

**【说明】**

这首词描绘了农村一个五口之家的生活画面，表现人情之美、生活之趣，以及词人对农村和平宁静生活的喜爱。

**【注释】**

(1)清平乐(yuè)：原为唐教坊曲名，取用汉乐府"清乐""平乐"这两个乐调而命名。后用作词牌名。

(2)茅檐：茅屋的屋檐。

(3)吴音：吴地的方言。作者当时住在信州(今上饶)，这一带的方言为吴音。相媚好：指相互逗趣，取乐。

(4)翁媪(ǎo)：老翁、老妇。

(5)锄豆：锄掉豆田里的草。

(6)织：编织，指编织鸡笼。

(7)亡(wú)赖：《汉书·高帝纪》："始大人常以臣亡赖，不能治产业，不如仲力。"注云："江淮之间，谓小儿多诈狡狯为亡赖。"这里指小孩顽皮、淘气。亡：通"无"。

(8)卧：趴。

# 丑奴儿[1]·书博山道中壁[2]

## 辛弃疾

少年不识愁滋味[3]，爱上层楼。爱上层楼，为赋新词强说愁[4]。

而今识尽愁滋味[5]，欲说还休[6]。欲说还休，却道天凉好个秋。

【说明】

这首词通篇言愁，上片描绘少年涉世未深却故作深沉的情态，下片抒写满腹愁苦却无处倾诉的抑郁，通过“少年”时与“而今”的对比，表达了作者受压抑、遭排挤、报国无门的痛苦之情。

【注释】

(1)丑奴儿：词牌名。

(2)博山：在今江西省广丰县西南。因状如庐山香炉峰，故名。淳熙八年(1181)辛弃疾罢职退居上饶，常过博山。

(3)少年：指年轻的时候。不识：不懂，不知道什么是。

(4)“为赋”句：为了写出新词，没有愁而硬要说有愁。强(qiǎng)，勉强地，硬要。

(5)识尽：尝够，深深懂得。

(6)欲说还(huán)休：内心有所顾虑而不敢表达。休：停止。

# 破阵子[1] · 为陈同甫赋壮词以寄[2]

## 辛弃疾

醉里挑灯看剑[3]，梦回吹角连营[4]。八百里分麾下炙[5]，五十弦翻塞外声[6]。沙场秋点兵[7]。

马作的卢飞快[8]，弓如霹雳弦惊[9]。了却君王天下事[10]，赢得生前身后名[11]。可怜白发生[12]！

**【说明】**

此词通过对早年抗金部队豪壮的阵容、气概以及自己沙场生涯的追忆，表达了杀敌报国、收复失地的理想，抒发了壮志难酬、英雄迟暮的悲愤心情。

**【注释】**

(1)破阵子：词牌名。原为唐玄宗时教坊曲名，出自《破阵乐》。

(2)陈同甫：陈亮(1143—1194)，字同甫(一作同父)，南宋婺州永康(今浙江永康县)人。与辛弃疾志同道合，结为挚友。其词风格与辛词相似。

(3)挑灯：把灯芯挑亮。看剑：抽出宝剑来细看。

(4)梦回：梦里遇见，说明下面描写的战场场景，不过是作者旧梦重温。吹角连营：各个军营里接连不断地响起号角声。角：军中乐器，长五尺，形如竹筒，用竹、木、皮、铜制成，外加彩绘. 名曰画角。始仅直吹，后用以横吹。其声哀厉高亢，闻之使人振奋。

(5)八百里：牛名。分麾(huī)下炙(zhì)：把烤牛肉分赏给部下。麾下：部下。麾：军中大旗。炙：切碎的熟肉

(6)五十弦：原指瑟，此处泛指各种乐器。翻：演奏。塞外声：指悲壮粗犷的战歌

(7)沙场：战场。秋：古代点兵用武，多在秋天。点兵：检阅军队。

(8)“马作”句:战马像的卢马那样跑得飞快。作:像……一样。的卢:良马名,一种烈性快马。

(9)“弓如”句:《南史·曹景宗传》:“景宗谓所亲曰:‘我昔在乡里,骑快马如龙,与年少辈数十骑,拓弓弦作霹雳声,箭如饿鸱叫,……此乐使人忘死,不知老之将至。’”霹雳,本是疾雷声,此处比喻弓弦响声之大。

(10)了却:了结,把事情做完。君王天下事:统一国家的大业,此特指恢复中原事。

(11)赢得:博得。身后:死后。

(12)可怜:可惜。

# 西江月[(1)]·夜行黄沙道中[(2)]

## 辛弃疾

明月别枝惊鹊[(3)],清风半夜鸣蝉[(4)]。稻花香里说丰年,听取蛙声一片。

七八个星天外,两三点雨山前。旧时茅店社林边[(5)],路转溪桥忽见[(6)]。

【说明】

这首词是辛弃疾贬官闲居江西时创作的一首吟咏田园风光的词。此词着意描写黄沙岭的夜景:明月清风,疏星稀雨,鹊惊蝉鸣,稻花飘香,蛙声一片。全词从视觉、听觉和嗅觉三方面描写夏夜的山村风光,情景交融,优美如画,恬静自然,生动逼真,是宋词中以农村生活为题材的佳作。

【注释】

(1)西江月:唐教坊曲名,后用作词牌名。

(2)黄沙道:指的是从江西省上饶县黄沙岭乡黄沙村的茅店到大屋村的

黄沙岭之间约20公里的乡村道路，南宋时是一条直通上饶古城的比较繁华的官道，东到上饶，西通江西省铅山县。

(3)“明月”句：意思是明亮的月光惊醒了睡在树枝上的喜鹊。别枝：斜枝。

(4)鸣蝉：蝉叫声。

(5)旧时：往日。茅店：茅草盖的乡村客店。社林：土地庙附近的树林。社：土地神庙。古时，村有社树，为祀神处，故曰社林。

(6)忽见：忽然出现。见：同“现”，显现，出现。

## 扬州慢·淮左名都(1)

### 姜　夔

淳熙丙申至日(2)，予过维扬(3)。夜雪初霁，荠麦弥望(4)。入其城，则四顾萧条，寒水自碧，暮色渐起，戍角悲吟(5)。予怀怆然，感慨今昔，因自度此曲。千岩老人以为有“黍离”之悲也(6)。

淮左名都(7)，竹西佳处，解鞍少驻初程(8)。过春风十里(9)，尽荠麦青青。自胡马，窥江去后(10)，废池乔木(11)，犹厌言兵。渐黄昏，清角吹寒(12)，都在空城。

杜郎俊赏(13)，算而今，重到须惊。纵豆蔻词工(14)，青楼梦好，难赋深情。二十四桥仍在(15)，波心荡，冷月无声。念桥边红药(16)，年年知为谁生？

**【说明】**

姜夔(kuí)(1154—1221)，字尧章，号白石道人，汉族，饶州鄱阳(今江西省鄱阳县）人。南宋文学家、音乐家。此词作于宋孝宗淳熙三年（1176），时作者二十余岁。宋高宗绍兴三十一年（1161），金主完颜亮南侵，江淮军败，朝野震骇。据此前小序所说，淳熙三年，姜夔路过扬州，目睹了战争洗劫后扬州的萧条景象，抚今追昔，悲叹今日的荒凉，追忆昔日的繁华，发为吟咏，寄托对扬州昔日繁华的怀念和对今日山河破碎的哀思。

**【注释】**

(1)扬州慢：词牌名，又名《郎州慢》，上下阕，九十八字，平韵。此调为姜夔自度曲，后人多用以抒发怀古之思。

(2)淳熙丙申：淳熙三年（1176）。至日：冬至。

(3)维扬：即扬州（今属江苏）。

(4)荠麦：荠菜和野生的麦。弥望：满眼。

(5)戍角：军营中发出的号角声。

(6)千岩老人：南宋诗人萧德藻，字东夫，自号千岩老人。姜夔曾跟他学诗，又是他的侄女婿。黍离：《诗经·王风》篇名。据说周平王东迁后，周大夫经过西周故都，看见宗庙毁坏，尽为禾黍，彷徨不忍离去，就作了此诗。后以“黍离”表示故国之思。

(7)淮左名都：指扬州。宋朝的行政区设有淮南东路和淮南西路，扬州是淮南东路的首府，故称淮左名都。左：古人方位名，面朝南时，东为左，西为右。名都：著名的都会。

(8)解（jiě）鞍少驻初程：少驻，稍作停留；初程，初段行程。

(9)春风十里：杜牧《赠别》诗：“春风十里扬州路，卷上珠帘总不如。”这里借指扬州。

(10)胡马窥江：指金兵侵略长江流域地区，洗劫扬州。这里应指第二次洗劫扬州。

(11)废池乔木：废毁的池台。乔木：残存的古树。二者都是乱后余物，表明城中荒芜，人烟萧条。

(12)渐：向，到。清角：凄清的号角声。

(13)杜郎:即杜牧。唐文宗大和七年到九年,杜牧在扬州任淮南节度使掌书记。俊赏:俊逸清赏。钟嵘《诗品序》:“近彭城刘士章,俊赏才士。”

(14)豆蔻:形容少女美艳。豆蔻词工:杜牧《赠别》:“娉娉袅袅十三余,豆蔻梢头二月初。”

(15)二十四桥:扬州城内古桥,即吴家砖桥,也叫红药桥。

(16)红药:红芍药花,是扬州繁华时期的名花。

## 约　客(1)

### 赵师秀

黄梅时节家家雨(2),青草池塘处处蛙。

有约不来过夜半(3),闲敲棋子落灯花(4)。

**【说明】**

赵师秀(1170—1219),永嘉(今浙江温州)人,南宋诗人。宋太祖八世孙。光宗绍熙元年(1190)进士,与徐照(字灵晖)、徐玑(字灵渊)、翁卷(字灵舒)并称“永嘉四灵”,诗学姚合、贾岛,尊姚、贾为“二妙”,人称“鬼才”,开创了“江湖诗派”一代诗风。这首诗写的是诗人在一个风雨交加的夏夜独自等待客人的情景。

**【注释】**

(1)约客:邀请客人来相会。

(2)黄梅时节:五月,江南梅子熟了,大都是阴雨绵绵的时候,称为“梅雨季节”,所以称江南雨季为“黄梅时节”。意思就是夏初江南梅子黄熟的时节。家家雨:家家户户都赶上下雨。形容处处都在下雨。

(3)有约:即为邀约友人。

(4)落灯花:旧时以油灯照明,灯芯烧残,落下来时好像一朵闪亮的小花。落:使……掉落。灯花:灯芯燃尽结成的花状物。

# 游园不值[1]

## 叶绍翁

应怜屐齿印苍苔[2]，小扣柴扉久不开[3]。

春色满园关不住，一枝红杏出墙来。

【说明】

叶绍翁，字嗣宗，号靖逸，龙泉（今浙江龙泉）人，生卒不详，南宋中期文学家、诗人。祖籍建阳。原姓李，后嗣于龙泉叶氏。《游园不值》是宋代诗人叶绍翁的名篇，这首小诗写诗人春日游园所见所感。全诗写得十分形象而又富有理趣，体现了取景小而含意深的特点，情景交融，脍炙人口。

【注释】

(1)游园不值：想游园没能进门儿。值，遇到；不值，没得到机会。

(2)应怜：概是感到心疼吧。应：表示猜测；怜：怜惜。屐（jī）齿：屐是木鞋，鞋底前后都有高跟儿，叫屐齿。

(3)小扣：轻轻地敲门。柴扉（fēi）：用木柴、树枝编成的门。

# 夜书所见

## 叶绍翁

萧萧梧叶送寒声[1]，江上秋风动客情[2]。

知有儿童挑促织[3]，夜深篱落一灯明[4]。

【说明】

该诗以景衬情，动静结合，以梧叶声和风声衬出秋夜的寂静，还运用了对比手法，以儿童夜捉促织的乐景反衬自己客居他乡的悲情。

【注释】

(1)萧萧：风声。

(2)客情：旅客思乡之情。

(3)挑：用细长的东西拨动。促织：俗称蟋蟀，有的地区又叫蛐蛐。

(4)篱落：篱笆。

## 乡村四月

### 翁　卷

绿遍山原(1)白满川(2)，子规(3)声里雨如烟。

乡村四月闲人少，才了(4)蚕桑又插田。

【说明】

翁卷，字续古，一字灵舒，乐清(今属浙江)人，生卒不详，南宋诗人。工诗，为“永嘉四灵”之一。这首诗以清新明快的笔调，出神入化地描写了江南农村初夏时节的旖旎风光，表达了诗人对乡村生活的热爱之情。

【注释】

(1)山原：山陵和原野。

(2)白满川：指稻田里的水色映着天光。川：平地。

(3)子规：鸟名，杜鹃鸟。

(4)才了：刚刚结束。蚕桑：种桑养蚕。插田：插秧。

# 过零丁洋(1)

## 文天祥

辛苦遭逢起一经(2)，干戈寥落四周星(3)。
山河破碎风飘絮(4)，身世浮沉雨打萍(5)。
惶恐滩(6)头说惶恐，零丁洋里叹零丁(7)。
人生自古谁无死？留取丹心(8)照汗青(9)。

**【说明】**

文天祥(1236—1283)，初名云孙，字宋瑞，一字履善，道号浮休道人、文山。江西吉州庐陵(今江西吉安)人，南宋末政治家、文学家、爱国诗人、抗元名臣、民族英雄，与陆秀夫、张世杰并称为“宋末三杰”。这首诗歌是文天祥在1279年经过零丁洋时所作，全诗表现了慷慨激昂的爱国热情和视死如归的高风亮节，以及舍生取义的人生观，是中华民族传统美德的崇高表现。

**【注释】**

(1)零丁洋：即“伶仃洋”。现在广东省珠江口外。1278年底，文天祥率军在广东五坡岭与元军激战，兵败被俘，囚禁船上曾经过零丁洋。

(2)遭逢：遭遇。起一经：因为精通一种经书，通过科举考试而被朝廷起用作官。文天祥二十岁考中状元。

(3)干戈：指抗元战争。寥(liáo)落：荒凉冷落。一作“落落”。四周星：四周年。文天祥从1275年起兵抗元，到1278年被俘，一共四年。

(4)絮：柳絮。

(5)萍：浮萍。

(6)惶恐滩：在今江西省万安县，是赣江中的险滩。1277年，文天祥在江西被元军打败，所率军队死伤惨重，妻子儿女也被元军俘虏。他经惶恐滩撤到福建。

(7)零丁:孤苦无依的样子。

(8)丹心:红心,比喻忠心。

(9)汗青:同汗竹,史册。古代用简写字,先用火烤干其中的水分,干后易写而且不受虫蛀,也称汗青。

# 墨　梅(1)

## 王　冕

吾家(2)洗砚池(3)头(4)树,朵朵(5)花开淡墨(6)痕(7)。

不要人夸好颜色,只流清气(8)满乾坤(9)。

【说明】

王冕(1287—1359),字元章,号煮石山农,亦号"食中翁""梅花屋主"等,浙江省绍兴市诸暨枫桥人,元朝著名画家、诗人、篆刻家。他出身贫寒,幼年替人放牛,靠自学成才。此诗开头两句直接描写墨梅,最后两句盛赞墨梅的高风亮节,赞美墨梅不求人夸,只愿给人间留下清香的美德,实际上是借梅自喻,表达自己对人生的态度以及不向世俗献媚的高尚情操。全诗构思精巧、淡中有味,直中有曲,极富清新高雅之气。

【注释】

(1)墨梅:用水墨画的梅花。也有作"淡墨色的梅,是梅花中的珍品"。

(2)吾家:我家。晋代书法家王羲之家。因王羲之与王冕同姓、同乡,借此自比。

(3)洗砚池:写字、画画后洗笔洗砚的池子。一说三国时期钟繇年轻的时候练字,经常用家旁边的池子洗毛笔,以致整个池子最后都是墨色了。一说东晋王羲之"临池学书,池水尽黑",这里是化用典故自诩热爱书画艺术、热爱文化。

(4)头:边上。

(5)朵朵:一说为“个个”。

(6)淡墨:水墨画中将墨色分为清墨、淡墨、浓墨、焦墨四种。这里是说那朵朵盛开的梅花,是用淡淡的墨迹点化成的。

(7)痕:痕迹,留下的印记。

(8)清气:所谓的清气,于梅花来说自然是清香之气,但此处也暗喻人之清高自爱的精神,所谓清气就是雅意,就是正见,就是和合之气。

(9)满乾坤:弥漫在天地间。满:弥漫。乾坤:指人间天地间。

## 天净沙[(1)] · 秋思

### 马致远

枯藤老树昏鸦[(2)],小桥流水人家[(3)],古道西风瘦马[(4)]。夕阳西下,断肠人在天涯[(5)]。

【说明】

马致远(约1251—1324),一说字千里,号东篱,一说名不详,字致远,晚号东篱,元大都(今北京)人,原籍河北省东光县马祠堂村,元代时著名大戏剧家、作家、散曲家,被后人誉为“马神仙”,还有“曲状元”之称,与关汉卿、郑光祖、白朴并称“元曲四大家”。

这一首小令以多种景物并置,组合成一幅秋郊夕照图,让天涯游子骑一匹瘦马出现在一派凄凉的背景上,从中透出令人哀愁的情调,抒发了一个飘零天涯的游子在秋天思念故乡、倦于漂泊的凄苦愁楚之情。全曲仅五句二十八字,语言极为凝练却容量巨大,意蕴深远,结构精巧,顿挫有致,被后人誉为“秋思之祖”。

【注释】

(1)天净沙:曲牌名,属越调。又名“塞上秋”。

(2)枯藤:枯萎的枝蔓。昏鸦:黄昏时的乌鸦。昏:傍晚。

(3)人家:农家。此句写出了诗人对温馨的家庭的渴望。

(4)古道:古老荒凉的道路。西风:寒冷、萧瑟的秋风。瘦马:骨瘦如柴的马。

(5)断肠人:形容伤心悲痛到极点的人,此处指漂泊天涯、极度忧伤的旅人。天涯:远离家乡的地方。

# 山坡羊·潼关怀古

## 张养浩

峰峦如聚(1),波涛如怒(2),山河表里潼关路(3)。望西都(4),意踌躇(5)。

伤心秦汉经行处,宫阙万间都做了土(6)。兴,百姓苦;亡,百姓苦(7)!

【说明】

张养浩(1270—1329),汉族,字希孟,号云庄,又称齐东野人,济南(今山东济南)人,元代著名政治家、文学家。天历二年(1329),关中大旱,出任陕西行台中丞。是年,积劳成疾,逝世于任上,尊称为张文忠公。张养浩是元代重要的政治、文化人物,其个人品行、政事文章皆为当代及后世称颂,是元代名臣之一。与清河元明善、汶上曹元用并称为“三俊”。

这首散曲是张养浩赴陕西救灾途经潼关所作。曲中抚今追昔,从历代王朝的兴衰更替,想到人民的苦难,一针见血地点出了封建统治与人民的对立,表现了作者对历史的思索和对人民的同情。

【注释】

(1)峰峦如聚:形容群峰攒集,层峦叠嶂。聚:聚拢;包围。

(2)波涛如怒:形容黄河波涛的汹涌澎湃。怒:指波涛汹涌。

(3)"山河"句:外面是山,里面是河,形容潼关一带地势险要。表里:即内外。具体指潼关外有黄河,内有华山。《左传·僖公二十八年》:"表里山河,必无害也。"注:"晋国外河而内山。"潼关:古关口名,在今陕西省临潼县,关城建在华山山腰,下临黄河,扼秦、晋、豫三省要冲,非常险要,为古代入陕门户,是历代的军事重地。

(4)西都:指长安(今陕西西安)。这是泛指秦汉以来在长安附近所建的都城。秦、西汉建都长安,东汉建都洛阳,因此称洛阳为东都,长安为西都。

(5)踌躇:犹豫、徘徊不定,心事重重,此处形容思潮起伏,感慨万端陷入沉思,表示心里不平静。一作"踟蹰(chí chú)"。

(6)"伤心"二句:谓目睹秦汉遗迹,旧日宫殿尽成废墟,内心伤感。伤心:令人伤心的事,形容词作动词。秦汉经行处:秦朝(前221年—前206年)都城咸阳和西汉(前208年—8年)的都城长安都在陕西省境内潼关的西面。经行处,经过的地方。指秦汉故都遗址。宫阙:宫,宫殿;阙,皇宫门前面两边的楼观。

(7)兴:指政权的统治稳固。兴、亡:指朝代的盛衰更替。

# 画　鸡

## 唐　寅

头上红冠不用裁(1),满身雪白走将来(2)。

平生不敢轻言语(3),一叫千门万户开(4)。

【说明】

唐寅(1470—1524),字伯虎,后改字子畏,号六如居士、桃花庵主、鲁国唐生、逃禅仙吏等,南直隶苏州府吴县人。明代著名画家、书法家、诗人。绘画上与沈周、文徵明、仇英并称"吴门四家",又称"明四家"。诗文上,与祝允明、文徵明、徐祯卿并称“吴中四才子”。

《画鸡》是唐寅为自己的画作题写的一首七言绝句。这首诗描绘了公鸡的威武,写出了它的高洁。把鸡的神态气质和报晓天性展现得淋漓尽致。它平时不多说话,但一说话大家都响应,由此表达了诗人的思想和抱负,从此诗还可看出诗人“不避口语”的写诗特点,富有儿歌风味。

【注释】

(1)裁:裁剪,这里是制作的意思。

(2)将:助词,用在动词和来、去等表示趋向的补语之间。

(3)平生:平素,平常。轻:随便,轻易。言语:这里指啼鸣,喻指说话,发表意见。

(4)一:一旦。千门万户:指众多的人家。

## 石灰吟(1)

### 于　谦

千锤万凿出深山(2),烈火焚烧若等闲(3)。

粉骨碎身全不怕(4),要留清白在人间(5)。

【说明】

于谦(1398—1457),字廷益,号节庵,汉族,明朝名臣、民族英雄,杭州府钱塘县(今浙江杭州)人。此诗托物言志,采用象征手法,字面上是咏石灰,实际借物喻人,托物寄怀,表现了诗人高洁的理想。全诗笔法凝练,一气呵成,语言质朴自然,不事雕琢,感染力很强;尤其是作者那积极进取的人生态度和大无畏的凛然正气,给人以启迪和激励。

【注释】

(1)石灰吟:赞颂石灰。吟:吟颂,指古代诗歌体裁的一种名称(古代诗歌的一种形式)。

(2)千锤万凿:也作"千锤万击"或"千鎚万击";指无数次的锤击开凿,形容开采石灰非常艰难。千、万:虚词,形容很多。锤:锤打。凿:开凿。

(3)若等闲:好像很平常的事情。若:好像、好似。等闲:平常,轻松。

(4)粉骨碎身:也作"粉身碎骨"。全:亦作"浑"。怕:也作"惜"。

(5)清白:指石灰洁白的本色,又比喻高尚的节操。人间:人世间。

# 临江仙(1) ·滚滚长江东逝水

## 杨 慎

滚滚长江东逝水(2),浪花淘尽英雄(3)。是非成败转头空(4)。青山依旧在(5),几度夕阳红。

白发渔樵江渚上(6),惯看秋月春风(7)。一壶浊酒喜相逢(8)。古今多少事(9),都付笑谈中(10)。

**【说明】**

杨慎(1488—1559),字用修,初号月溪、升庵,又号逸史氏、博南山人、洞天真逸、滇南戍史、金马碧鸡老兵等。四川新都(今成都市新都区)人,祖籍庐陵。明代著名文学家,明代三才子之首,东阁大学士杨廷和之子。

词的上阕通过历史现象咏叹宇宙永恒、江水不息、青山常在,而一代代英雄人物却无一不是转瞬即逝。下阕写词人高洁的情操、旷达的胸怀。把历代兴亡作为谈资笑料以助酒兴,表现了词人鄙夷世俗、淡泊洒脱的情怀。全词基调慷慨悲壮,读来只觉荡气回肠。

**【注释】**

(1)临江仙:原唐教坊曲名,后用作词牌名,字数有五十二字、五十四字等六种。常见者全词分两片,上下片各五句,三平韵。

(2)东逝水:是江水向东流逝水而去,这里将时光比喻为江水。

(3)淘尽:荡涤一空。

(4)成败:成功与失败。《战国策·秦策三》:"良医知病人之死生,圣主明於成败之事。"

(5)几度:虚指,几次、好几次之意。

(6)渔樵:此处并非指渔翁、樵夫,联系前后文的语境而为动词:隐居。此处作名词,指隐居不问世事的人。渚(zhǔ):原意为水中的小块陆地,此处意为江岸边。

(7)秋月春风:指良辰美景。也指美好的岁月。白居易《琵琶行》:"今年欢笑复明年,秋月春风等闲度。"

(8)浊(zhuó):不清澈;不干净。与"清"相对。浊酒:用糯米、黄米等酿制的酒,较混浊。

(9)古今:古代和现今。《史记·太史公自序》:"故礼因人质为之节文,略协古今之变。"

(10)都付笑谈中:在一些古典文学及音乐作品中,也有作"尽付笑谈中"。

## 别云间(1)

### 夏完淳

三年羁旅客(2),今日又南冠(3)。
无限山河泪,谁言天地宽?
已知泉路近(4,欲别故乡难。
毅魄归来日(5),灵旗空际看(6)。

**【说明】**

夏完淳(1631—1647),乳名端哥,别名复,字存古,号小隐,又号灵首。

民族英雄，明末(南明)诗人，松江府华亭县(今上海市松江区)人，祖籍浙江会稽。

此诗首联叙述艰苦卓绝的飘零生涯，颔联表达故土沦丧、山河破碎之悲愤慨叹，颈联抒发眷念故土、怀恋亲人之深情，尾联盟誓恢复之决心。既表达了此去誓死不屈的决心，又对行将永别的故乡流露出无限的依恋和深切的感叹。全诗思路流畅清晰，感情跌宕豪壮，读来令人荡气回肠。

【注释】

(1)云间：上海松江区古称云间，是作者家乡。永历元年–顺治四年，他在这里被逮捕。

(2)三年：作者自弘光元年–顺治二年起，参加抗清斗争，出入于太湖及其周围地区，至顺治四年，共三年。羁(jī)旅：寄居他乡，生活漂泊不定。羁：停留。

(3)南冠(guàn)，被囚禁的人。语出《左传》。楚人钟仪被俘，晋侯见他戴着楚国的帽子，问左右的人："南冠而縶者，谁也?"后世以"南冠"代被俘。

(4)泉路：黄泉路，死路。泉，黄泉，置人死后埋葬的地穴。

(5)毅魄：坚强不屈的魂魄，语出屈原《九歌. 国殇》："身即死兮神以灵，魂魄毅兮为鬼雄。"。

(6)灵旗：又叫魂幡，古代招引亡魂的旗子。这里指后继者的队伍。

## 题秋江独钓图

### 王士祯

一蓑一笠一扁舟(1)，一丈丝纶一寸钩(2)。

一曲高歌一樽酒(3)，一人独钓一江秋。

【说明】

王士祯(1634—1711)，原名王士禛，字子真、贻上，号阮亭，又号渔洋山人，人称王渔洋，谥文简。新城(今山东桓台)人，常自称济南人，清初杰出诗人、学者、文学家。王士祯出生在一个世代官宦家庭，祖父王象晋，为明朝布政使。士祯出生于官舍，祖父呼其小名为豫孙。五岁入家塾读书，六七岁时读《诗经》。顺治七年(1650)，应童子试，连得县、府、道第一，与大哥王士禄、二哥王士禧、三哥王士祜皆有诗名。顺治十五年(1658)戊戌科进士，文名渐著，23 岁游历济南，邀请在济南的文坛名士，集会于大明湖水面亭上，即景赋秋柳诗四首，此诗传开，大江南北一时和作者甚多，当时被文坛称为“秋柳诗社”，从此闻名天下。官位也不断迁升，成为清初文坛公认的盟主。康熙五十年(1711)逝世，享年 78 岁。

这首题画诗是诗人早年应朋友邀请《秋江独钓图》题诗。这首诗应画中的意境，巧妙地嵌入九个“一”，描写了秋江边渔人独钓的逍遥景象。

**【注释】**

(1)蓑(suō)、笠：蓑衣、笠帽。蓑：用草编织成的古时渔家、农民的防雨草衣；笠：用竹篾或芦秆篾片编织的帽子，也是渔家、农民防日晒、防雨淋的帽子。扁舟：小船。

(2)丝纶(lún)：即丝织编成的钓鱼的绳子。

(3)樽(zūn)：酒杯。

## 舟夜书所见

### 查慎行

月黑见渔灯，孤光一点萤(1)。

微微风簇浪(2)，散作满河星。

**【说明】**

查慎行(1650—1727)，清代诗人，当代著名作家金庸先祖。初名嗣琏，字夏重，号查田；后改名慎行，字悔余，号他山，赐号烟波钓徒，晚年居于初白庵，所以又称查初白，浙江海宁人。为”清初六家”之一。

在这首诗中，诗人通过对自然景色细致的观察，运用动静结合的方法，展示了一幅美丽的河上夜景，抒发了诗人对自然美的兴奋之情。

【注释】

(1)孤光：孤零零的灯光。

(2)簇：拥起。

# 长相思·山一程[1]

## 纳兰性德

山一程，水一程[2]，身向榆关那畔行[3]，夜深千帐灯[4]。

风一更，雪一更[5]，聒碎乡心梦不成[6]，故园无此声[7]。

【说明】

纳兰性德(1655—1685)，叶赫那拉氏，字容若，号楞伽山人，满洲正黄旗人，清朝初年词人，原名纳兰成德，一度因避讳太子保成而改名纳兰性德。大学士明珠长子，其母为英亲王阿济格第五女爱新觉罗氏。康熙十五年(1676)补殿试，考中第二甲第七名，赐进士出身。纳兰性德曾拜徐乾学为师。他于两年中主持编纂了一部儒学汇编——《通志堂经解》，深受康熙皇帝赏识，为今后发展奠定基础。

这是词人纳兰性德于康熙二十一年(1682)创作，全词描写将士在外对故乡的思念，抒发了绵长的情深思苦的之情。语言淳朴而意味深长，取景宏阔而对照鲜明。

【注释】

(1)长相思：词牌名，又名“吴山青”“山渐青”“相思令”“长思仙”“越山青”等。双调三十六字，前后段各四句三平韵一叠韵。

(2)山一程，水一程：即山长水远。程：道路、路程。

(3)榆(yú)关:即今山海关,在今河北秦皇岛东北。那畔:即山海关的另一边,指身处关外。

(4)千帐灯:皇帝出巡临时住宿的行帐的灯火,千帐言军营之多。

(5)风一更,雪一更:即言整夜风雪交加也。更:旧时一夜分五更,每更大约两小时。

(6)聒(guō):声音嘈杂,这里指风雪声。

(7)故园:故乡,这里指北京。此声:指风雪交加的声音。

# 竹　石

## 郑　燮

咬定青山不放松(1),立根原在破岩中(2)。

千磨万击还坚劲(3),任尔东西南北风(4)。

【说明】

郑燮(xiè)(1693—1765),字克柔,号理庵,又号板桥,人称板桥先生,江苏兴化人,祖籍苏州。康熙秀才,雍正十年举人,乾隆元年(1736)进士。官山东范县、潍县县令,政绩显著,后客居扬州,以卖画为生,为“扬州八怪”重要代表人物。

郑板桥一生只画兰、竹、石,自称“四时不谢之兰,百节长青之竹,万古不败之石,千秋不变之人”。其诗书画,世称“三绝”,是清代比较有代表性的文人画家。

这首七言绝句是一首咏竹诗,借物喻人,作者通过咏颂立根破岩中的劲竹,含蓄地表达了自己绝不随波逐流的高尚情操。全诗语言质朴,寓意深刻。

【注释】

(1)咬定:咬紧

(2)立根:扎根。破岩:裂开的山岩,即岩石的缝隙。

(3)千磨万击:指无数的磨难和打击。坚韧:坚强有力。

(4)任:任凭,无论,不管。尔:你。

## 苔

### 袁　枚

白日不到处,青春恰自来。
苔花如米小,也学牡丹开。

【说明】

袁枚(1716—1797),清代诗人、散文家。字子才,号简斋,晚年自号仓山居士、随园主人、随园老人。汉族,钱塘(今浙江杭州)人。袁枚是乾嘉时期代表诗人之一,与赵翼、蒋士铨合称“乾隆三大家”。

诗中所描写的苔虽是低等植物,多寄生于阴暗潮湿之处,可它也有自己的生命本能和生活意向,并不会因为环境恶劣而丧失生长的勇气,诗人能看到这一点并歌而颂之,很有眼光!

## 所　见(1)

### 袁　枚

牧童骑黄牛(2),歌声振林樾(3)。
意欲捕鸣蝉(4),忽然闭口立(5)。

【说明】

此诗写了作者偶然所见牧童骑牛唱歌想捕捉知了的一件小事,通过对牧童的动作神态变化的描写，表现了牧童天真活泼机智灵活的性格和热爱大自然情趣的特点，表达了作者对田园风光的喜爱之情。看似闲情逸致，实则寄托情思，用语活泼自由、浅显明了。

【注释】

(1)所见：写诗人所看见的事物。

(2)牧童：放牧牛羊的小孩。这里是指放牛的娃娃。黄牛：牛的一种毛多呈黄色，也有黑色或红棕色。能耕地拉车，体型比水牛小。一般分为蒙古牛、华北牛和华南牛三大类型。

(3)振：振荡；回荡。说明牧童的歌声嘹亮。林樾(yuè)：指道旁成阴的树林。樾：树荫。

(4)意欲：想要。鸣蝉：鸣叫的知了。

(5)闭口：闭上嘴巴，不发出声音的意思。

# 论　诗(1)

## 赵　翼

李杜诗篇万口传(2)，至今已觉不新鲜。

江山代有才人出(3)，各领风骚数百年(4)。

【说明】

赵翼(1727—1814)，清代文学家、史学家、诗人。字云崧，一字耘崧，号瓯北，又号裘萼，晚号三半老人，汉族，江苏阳湖(今江苏省常州市武进区)人。乾隆二十六年进士。官至贵西兵备道。论诗主“独创”，反摹拟。与袁枚、张问陶并称清代性灵派三大家。

此诗反映了作者诗歌创作贵在创新的主张，他认为诗歌随时代不断发展，诗人在创作的时候也应求新求变，并非只有古人的作品才是最好的，每个时代都有属于自己的风格的诗人。

【注释】

(1)论诗:《论诗》共五首,都是七言绝句。本篇是第二首,传诵最广。

(2)李杜:指唐代大诗人李白、杜甫(此处指大李杜,小李杜指李商隐和杜牧)。

(3)江山代有才人出:国家代代都有很多有才情的人。才人:有才华的人。

(4)风骚:指《诗经》中的“国风”和屈原的《离骚》。后来把关于诗文写作的诗叫作“风骚”。这里指在文学上有成就的“才人”的崇高地位和深远影响。

## 己亥杂诗

### 龚自珍

浩荡离愁(1)白日斜,吟鞭(2)东指即天涯。

落红(3)不是无情物,化作春泥更护花。

【说明】

龚自珍(1792—1841),字瑟(sè)人,号定庵。汉族,仁和(今浙江杭州)人。晚年居住昆山羽琌(líng)山馆,又号羽琌山民。清代思想家、诗人、文学家和改良主义的先驱者。1839年,龚自珍辞官南归,后又北上接眷属,在南北往返途中,写下了短诗315首,题为“己亥杂诗”。本诗是第五首,表现诗人辞官后,报效国家的信念与使命,以及献身改革理想的崇高精神,语气乐观,形象生动,极富艺术魅力。

【注释】

(1)浩荡:广大无边,这里形容愁思无穷无尽。离愁:离别的愁思。白日:太阳。

(2)吟鞭:诗人的马鞭。东指:向东举起马鞭。

(3)落红:落花。花朵以红色者居多,因此落花又称为落红。

# 己亥杂诗

## 龚自珍

九州[(1)]生气恃风雷,万马齐喑[(2)]究可哀。

我劝天公[(3)]重抖擞,不拘一格降[(4)]人才。

【说明】

这是一首出色的政治诗。全诗层次清晰,共分三个层次:第一层,写了万马齐喑,朝野噤声的死气沉沉的现实社会。第二层,指出了要改变这种沉闷,腐朽的现状,就必须依靠风雷激荡般的巨大力量。暗喻必须经历波澜壮阔的社会变革才能使中国变得生机勃勃。第三层,作者认为这样的力量来源于人才,而朝廷所应该做的就是破格荐用人才,只有这样,中国才有希望。诗中选用"九州""风雷""万马""天公"这样的具有壮伟特征的主观意象,寓意深刻,气势磅礴。

【注释】

(1)九州:中国的别称之一。分别是:冀州、兖州、青州、徐州、扬州、荆州、梁州、雍州和豫州。王昌龄《放歌行》:"清乐动千门,皇风被九州"。生气:生气勃勃的局面。恃(shì):依靠。

(2)万马齐喑:比喻社会政局毫无生气。喑(yīn):沉默,不说话。

(3)天公:造物主。抖擞:振作,奋发。

(4)降:降生,降临。

# 赠梁任父同年(1)

## 黄遵宪

寸寸河山寸寸金，侉离分割力谁任(2)？
杜鹃再拜忧天泪，精卫无穷填海心。

【说明】

黄遵宪，(1848年4月27日—1905年3月28日)清代诗人，外交家、政治家、教育家。被誉为“近代中国走向世界第一人”。字公度，别号人境庐主人。广东嘉应州(今梅州市)人。出身于屡代经营典当的大商人家庭。父亲黄鸿藻，字砚宾，咸丰六年(1856)举人，曾任户部主事、广西知府。历充师日参赞、旧金山总领事、驻英参赞、新加坡总领事，戊戌变法期间署湖南按察使，助巡抚陈宝箴推行新政。工诗，喜以新事物熔铸入诗，有“诗界革新导师”之称。

诗人并不出名，可是这首诗却非常出名，温总理在记者招待会上也引用过。诗人是清末著名外交家黄遵宪，面对腐败的大清一而再、再而三的割地赔款，尤其是甲午海战更是输给了东瀛小国，签订了《马关条约》，再次割地，悲愤无比的黄遵宪写下这首传世名篇，面对黄金般的国土，腐败的政府一味地割让，作者空有忧天之泪却无力回天，但是他相信中华民族拥有精卫填海般的恒心，一定会有收复国土的那天。

【注释】

(1)梁任父：指梁启超，梁启超号任公，父是作者对梁的尊称，旧时“父”字是加在男子名号后面的美称。“同年”，旧时科举制度中，同一榜考中的人叫同年。

(2)侉离：分别割裂。

# 村 居(1)

## 高 鼎

草长莺飞二月天，拂堤杨柳醉春烟(2)。

儿童散学归来早(3)，忙趁东风放纸鸢(4)。

【说明】

高鼎，清代后期诗人。字象一，又字拙吾，仁和（今浙江省杭州市）人。高鼎生活在鸦片战争之后，大约在咸丰年间（1851—1861），其人无甚事迹。

《村居》是高鼎晚年归隐于上饶地区，闲居农村时所写的一首七言绝句。描写了诗人居住在乡村时因春天来临而喜悦，所见到的春天景象和放学后孩子们放风筝的情景。

【注释】

（1）村居：在乡村里居住时见到的景象。

（2）杨柳拂堤：像杨柳一样抚摸堤岸。醉：迷醉，陶醉。春烟：春天水泽、草木间蒸发形成的烟雾般的水汽。

（3）散学：放学。

（4）纸鸢：泛指风筝，它是一种纸做的形状像老鹰的风筝。鸢：老鹰。

# 狱中题壁

## 谭嗣同

望门投止思张俭(1)，忍死须臾待杜根(2)。

我自横刀向天笑(3)，去留肝胆两昆仑(4)。

【说明】

谭嗣同(1865—1898),字复生,号壮飞,湖南浏阳人,中国近代资产阶级著名的政治家、思想家,维新志士。少时师从欧阳中鹄,后加入维新派。他主张中国要强盛,只有发展民族工商业,学习西方资产阶级的政治制度。公开提出废科举、兴学校、开矿藏、修铁路、办工厂、改官制等变法维新的主张。写文章抨击清政府的卖国投降政策。1898 年参加领导戊戌变法,失败后被杀,年仅三十四岁,与杨锐、刘光第、林旭、杨深秀和康广仁并称为"戊戌六君子"。

光绪二十四年(1898)是农历的戊戌年,是年六月,光绪皇帝实行变法,八月,谭嗣同奉诏进京,参与新政。九月中旬,慈禧太后发动政变,囚禁光绪帝,并开始大肆捕杀维新党人。康有为、梁启超避往海外。许多人劝谭尽快离开,但他却说,"不有行者,无以图将来;不有死者,无以召后来",决心留下来营救光绪帝。几位日本友人力请他东渡日本,他说:"各国变法,无不以流血而成,今日中国未闻有因变法而流血者,此国之所以不昌也。有乏,请自嗣同始。"9 月 21 日,他与杨深秀、刘光第、康广仁、杨锐、林旭等五人同时被捕。这首诗即是他在狱中所作。

这首诗表达了对避祸出亡的变法领袖的褒扬祝福,对阻挠变法的顽固势力的憎恶蔑视,同时也抒发了诗人愿为自己的理想而献身的壮烈情怀。

【注释】

(1)望门投止:望门投宿。张俭:东汉末年高平人,因弹劾宦官侯览,被反诬"结党",被迫逃亡,在逃亡中凡接纳其投宿的人家,均不畏牵连,乐于接待。事见《后汉书·张俭传》。

(2)忍死:装死。须臾:不长的时间。杜根:东汉末年定陵人,汉安帝时邓太后摄政、宦官专权,其上书要求太后还政,太后大怒,命人以袋装之而摔死,行刑者慕杜根为人,不用力,欲待其出宫而释之。太后疑,派人查之,见杜根眼中生蛆,乃信其死。杜根终得以脱。事见《后汉书·杜根传》。

(3)横刀:屠刀,意谓就义。

(4)两昆仑:有两种说法,其一是指康有为和浏阳侠客大刀王五;其二为"去"指康有为(按:康有为在戊戌政变前潜逃出京,后逃往日本),"留"指自己。